COMO RASURAR A PAISAGEM

a fotografia
é um tempo morto
fictício retorno à simetria

secreto desejo do poema
censura impossível
do poeta

Ana Cristina Cesar, Rio de Janeiro, 1982.
Foto de Katia Muricy.

p. 1 Datiloscrito publicado em *Inéditos e dispersos – Poesia/prosa* (Brasiliense, 1985, org. Armando Freitas Filho).
p.4 Manuscrito de *Luvas de pelica*.
Acervo Ana Cristina Cesar/IMS

...u ...tas poemas, mas exquisitas!, esquisitas
xis, ou este aqui, "O posto 6, onde passei minha
...ia/adolescência, como está mudado!!", ou este
..., ouçam só, "Fico tentando te mandar um peda-
de onde estou mas fica triste faltando!", e um com
bem miúdas que lê assim: "Ataque de riso no Odeon numa cena
...rda de 'Preparem seus lencinhos', a falação sobre
entregando tudo.
...ses, "para" mãe do menino que Solange seduziu,
...ém mais ria, só eu, Dor no corpo. Inglesa insupor-
..., pai foi de Vogue, habita Costa Brava, me lembro
...nderia, Joe anômico, a vida corre, nas tem memória
...z, Alice nice, nas gosta de nas ser nice. Flutuo como
...a: gosta de mim, nas gosto, gosto, nas, fica, nas, qual
...sas pelo Chris no underground. Acalmei bem, me
...í, nas penso tanto, penso em ti "a te", acho que
... é italian está em italiano, vas lendo, vas
..., a maioria está em branco mesmo, com licença
...inuto, eu me retiro.
...reciso sair mas volto logo.
...isco no olho, um pequeno cisco; na volta continuo a tirar
...tas da mala, e quem sabe, e aí conto quando o momento for
...io, conto o resto daquela história, a quem.
...deira, mas antes de sair tiro as luvas uma luva,
... aqui no espaldar dest espaldar desta cadeira.
...sco, com licença

Inconfissões

Fotobiografia de Ana Cristina Cesar

organização _ Eucanaã Ferraz

IMS

I

Enquanto leio meus

~~Meus~~ seios estão a descoberto ~~enquanto leio~~. É difícil concentrar-me

ao ver seus bicos. ~~_____~~ Então ~~_____~~ rabisco as folhas

~~po que me.~~ Poética ^quebrada ~~partida~~ pelo meio

Sumário

Este álbum de "inconfissões" 9
Eucanaã Ferraz

Fotobiografia 16
    Textos inéditos de Alice Sant'Anna 27 _ Christopher Rudd 60 _
    Clara de Andrade Alvim 66 _ Heloisa Buarque de Hollanda 72 _
    Leonardo Gandolfi 88 _ Francisco Alvim 92 _ Marcos Siscar 100 _
    Armando Freitas Filho 131 _ Elizama Almeida 134 _
    Laura Liuzzi 152 _ Flavio Cruz Lenz Cesar 154 _ Mariana Quadros 162

Cronologia 166

Eu era menina e já escrevia memórias, envelhecida.

O tempo se fazia ao contrário•

• "Na outra noite no meio-fio" | *Cenas de abril* (1979).

Este álbum de "inconfissões"

Eucanaã Ferraz

Sabemos que toda fotografia é exterioridade, aparência que se projeta em nós sem palavras, silenciosa. Ainda assim, penso que na foto do escritor procuramos sua escrita.

Não há dúvida de que conhecemos um autor mais pelo seu nome assinado em textos e livros do que pela sua imagem, o que talvez se deva ao fato de a presença empírica de poetas e prosadores, de modo geral, sempre ter sido pouco frequente, limitada a noites de autógrafos, debates, conferências, entrevistas e outros cenários de visibilidade moderada (embora haja as exceções da exposição assídua e de grande alcance). Deixando de lado experimentações que, por motivos diversos, furtam-se à regra comum — como a escrita coletiva de um texto para o teatro —, escrever é um trabalho individual, que acontece longe do olhar público e que, uma vez concluído, prescinde inteiramente da presença física ou da imagem do autor. Este só se mostra fora da escrita, ou ainda, em terrenos exteriores a ela, que a ela pouco ou nada acrescentam. Trata-se então da vida literária, algo entre o cultivo do prestígio e as obrigações da carreira. O escritor, diante da câmera, não raro finge que escreve, sentado à mesa de trabalho. Sabemos desse pequeno gesto teatral e o aceitamos, conscientes de que jamais veremos a escrita em sua hora e seu lugar.

Mas o que procuramos na fotografia não é o gesto de escrever. Vendo as fotos de um escritor, perguntamo-nos se algo nelas se cola — no sentido de ajuste, mas sobretudo de revelação — a seu texto, levando-o a um grau mais alto, aditando-lhe uma camada a mais de significado. Deparamos, então, com aquela exterioridade silenciosa. O que o rosto de Baudelaire acrescenta a seus poemas? Um retrato do poeta de *As flores do mal* fala-nos menos dele do que de seu fotógrafo (Nadar, por exemplo). No entanto, insistimos, desconfiados de que a fotografia, ao preencher o vazio da imagem do escritor, será capaz de nos dar outra chave para lhe adentrar a escrita.

Arriscamos, então, uma espécie de empresa metafórica, como se pudéssemos mover a imagem para um âmbito que não o da visibilidade absoluta, e no qual descobriríamos uma semelhança subentendida entre foto e texto. Acreditamos que seria possível, por exemplo, ir ao encontro de uma coincidência entre o silêncio da imagem e a voz do eu que fala nos poemas. A partir de diversos níveis de ilusão, consciência, empenho e capacidade de figuração, damos curso a um exercício livre de analogia.

Mas a fotografia nos mantém na exterioridade, recusando-se à interpretação. Mal contemplamos aquele rosto no papel e logo somos reenviados aos textos do escritor, levando conosco apenas o silêncio do que vimos. E se retornamos aos textos, o que procuramos na fotografia também não se encontra lá, naquela esfera em que mesmo a individualidade mais rente ao corpo, à psique, à biografia, é sempre invenção.

Numa dimensão menos ambiciosa, vamos às fotografias em busca do evento: Ana em viagem, Ana e seus amigos, Ana criança, Ana e sua família, Ana em casa etc. — como se pudéssemos recobrar dali uma existência, esquecidos de que a fotografia apenas "repete mecanicamente o que nunca mais se repetirá existencialmente" (Roland Barthes em *La Chambre claire*). Vemos apenas a parte rígida e morta do relato. Como disse a própria Ana, "a fotografia/ é um tempo morto/ fictício retorno à simetria".

A fotobiografia — como a morfologia da palavra sugere — guarda uma dimensão narrativa. Mas se é a constituição de um perfil, este é sempre parcial, já que sua composição implica escolhas e, com elas, vazios: faz-se do que se aproveitou, mas também do que ficou de fora; da parcimônia aqui, do excesso adiante; do que ganhou destaque e do que pareceu irrelevante; e há, para o fotobiógrafo, a fantasmagórica suposição de que deve haver algumas — ou muitas! — fotos excepcionais das quais desconhece a existência e que um dia virão à tona para lhe mostrar a precariedade do retrato que compôs. Mesmo o projeto gráfico tem uma natureza narrativa própria. Portanto, esta é, de Ana Cristina Cesar, uma obra incompleta e, sem hesitação, algo ficcional.

Toda fotobiografia dá-se assim, aos saltos: faltam imagens de eventos que seriam importantes, enquanto momentos sem relevância aparente foram registrados. No arranjo, conta-se com o que já foi feito, com um acervo constituído por muitos acasos: haver ou não uma máquina fotográfica ao alcance dos olhos e dedos; o desejo de fotografar; o fastio de fazê-lo; a presença ou não de luz; o *flash* ou a ausência dele. Uma série de contingências, enfim, que determinam antecipadamente o que adiante servirá, ou não, para as narrativas futuras.

Biografar talvez seja pactuar com certa mitologia: este personagem é digno de; qualquer fato de sua vida merece ser registrado, visto, lembrado. Na história de um escritor, fotos banais de um lançamento podem alcançar um inesperado valor. A obviedade parece surpreendente: houve o lançamento daquele livro; e daquele outro; aconteceu naquela livraria; lá estavam amigos, parentes, outros escritores, admiradores, curiosos; foram dados autógrafos; havia pelo menos um fotógrafo. Constatamos com estranha surpresa que aconteceu o que nos disseram ou imaginávamos que acontecera.

Há, simultaneamente, congelamento e descongelamento: no primeiro caso, imobilizamos a personagem na cena que, até então, apenas conjeturávamos. A suposição deixa sua fluidez interrogativa, fantasiosa — aconteceu mesmo? como terá sido? como Ana estava vestida? sorriu para o fotógrafo (para nós)? estava à vontade? —, e então tudo se imobiliza como documento em seu aspecto definitivo: ela estava de tal modo; sim, ela posou para a câmera; sim, ela assinou livros etc.

Tudo parece, portanto, respondido.

No segundo caso, descongela-se o vazio (onde foi? como foi?), e aquilo que não vimos ou desejamos rever ganha a fluidez da narrativa: os cabelos cresceram e foram outra vez cortados; era uma vez o lançamento de um livro; houve duas estadias em Londres; que linda menina ela foi. E assim por diante.

Uma coisa e outra, no entanto, são acontecimentos parciais. Só podemos contar (levar em conta, mas também narrar) com o que foi fotografado, e isso significa que nem todas as perguntas serão respondidas. Na verdade, outras interrogações surgem: por que ela estava ali? por que parece triste? quem é aquele homem no canto? por que riam? O fotobiógrafo depende de muitos narradores que vieram antes dele.

Escolher entre esta ou aquela foto. Por vezes, simplesmente não se consegue optar, e então são aproveitadas esta e aquela e mais aquela outra, todas. A triagem, noutros casos, pode ser ligeira, como se não pesasse a gravidade de se narrar a vida alheia. Assim, a fotobiografia é um documentário errático e parcial.

Havendo um acervo expressivo, pesa no julgamento aquilo que é da natureza da fotografia, e não do valor simbólico ou do mérito documental.

Questões de foco, por exemplo, ou de enquadramento, ou de luz. Nem sempre, porém, a escolha se faz por motivos de ordem técnica. Houve momentos em que simplesmente escolhi a foto na qual Ana me pareceu mais bonita. Mas devo observar que não busquei a excelência fotográfica. É preciso, afinal, reconhecer que determinada imagem — na qual faltam as virtudes de uma boa fotografia — pode servir como relato valioso, como rastro, semelhante à impressão de um fóssil deixada no terreno. De Ana Cristina, há, por exemplo, fotos meramente turísticas, lembranças produzidas sem os cuidados de um fotógrafo/biógrafo hábil e muito menos profissional. Fotos-rascunhos, pode-se dizer. Pois está aqui também essa Ana comum, Ana para si mesma, protagonizando não mais que recordações de viagem.

Não a conheci pessoalmente. Ana Cristina Cesar é apenas uma fotografia na parede. Não sei se soube ao mesmo tempo da poesia e do rosto da poeta. Não sei se sua poesia, apenas ela, pareceu-me, de saída, exibir, literalmente, um rosto — que eu não poderia fotografar, que eu sequer vira fotografado, mas que se me afigurava como o anverso de uma medalha —; a outra face era o texto — que eu podia tocar, guardar. E, talvez por isso, quando vi enfim o rosto fotografado não percebi que este aderira àquele que eu adivinhara, de um modo que já não se poderiam descolar.

Não ter conhecido Ana Cristina Cesar faz com que, para mim, ela seja também — além de uma autora — o que me contam sobre ela. Você conheceu a Ana? Já ouvi essa pergunta ser feita a alguém; já fiz essa pergunta; já me perguntaram o mesmo. Mas por que a vida de Ana Cristina Cesar nos interessa tanto? Talvez por ela ter deixado muitos rastros biográficos. Desejamos saber mais, carecemos de novas peças para o retrato que nos parece extenso, mas, simultaneamente, emaranhado, imperfeito.

O gosto de Ana pela fotografia se parece com seu apreço pelo diário e pela correspondência. Arrisco-me a dizer que Ana tinha o mesmo gosto da biografia em suas fotos. E me pergunto se é isso mesmo o que vejo nas imagens da criança no colo dos pais ou dos avós, como se, tão pequenina, já pudesse intuir que no momento do clique passava a ser o objeto narrável de alguém do outro lado da máquina. A Ana jovem não deixa dúvidas de que se sabia em cena quando a máquina apontava. Parecia gostar disso, observando regras, obedecendo às ordens do fotógrafo (é fácil imaginar), propondo ângulos diferentes, elaborando a pose, exigindo de si mesma uma entrega ativa. Há quem disfarce esse gosto, mas ela não. O tédio também é indisfarçável. Mais que isso, também faz parte das estratégias do biografado recusar-se à biografia, o que me parece claro quando Ana vale-se dos óculos escuros. É, sem dúvida, uma recusa, mas parcial, já que alguém — uma personagem — permanece em cena e parece nos dizer que não tem nada a nos dizer, antecipando com seu silêncio enigmático o silêncio da fotografia revelada.

Avizinham-se fotos, poemas, desenhos, cartas, manuscritos, casos, mas não se formou com isso um rosto definitivo. A fotobiografia é sempre a moldagem de elementos desiguais e mesmo estanques, o que não constitui, portanto, uma cinematografia. Entre uma imagem e outra — entre duas fotos, entre o poema e a foto, entre a foto e a carta, entre o caso e o poema, entre todas as combinações possíveis — vemos apenas superfícies vazias. A fotografia não é desdobrável: usada como matéria narrativa, leva inevitavelmente à realização de um documentário composto por cenas paradas, descontínuas.

Uma das primeiras decisões foi a de compor uma coleção de fotos que se organizasse pela inversão cronológica. Iniciamos com as últimas fotos de Ana Cristina e voltamos no tempo até o primeiro registro fotográfico de sua vida.

A razão dessa tomada de partido tem a ver com algo muito pessoal: sinto-me sempre traído pelas fotobiografias que me cativam com o desenrolar da vida da personagem, e quando meu amor já está consolidado, empurram-me para fora com a irrupção final da morte. Sei que ali se obedece ao fluxo do tempo e à inevitabilidade de seu limite. Mas por que a narrativa biográfica deve sujeitar-se às leis de um destino que não vigora no universo autônomo da escrita? Assim, valendo-me dessa liberdade, nesta biografia ninguém morre no fim. A morte se faz presente antes mesmo de abrirmos este livro: ainda na capa, o nome da fotobiografada remete a seu desaparecimento. E justamente porque a morte paira sobre cada página, óbvia demais, não quis que se demorasse em nenhuma delas como um fato delimitado no tempo e no espaço.

A fim de cruzar narrativas à narrativa que ia compondo com as imagens, pedi a alguns amigos de Ana — Heloisa Buarque de Hollanda, Armando Freitas Filho, Christopher Rudd, Clara e Francisco Alvim — e a seu irmão, Flavio Lenz, que escrevessem motivados pela intimidade; enquanto a outros — Marcos Siscar, Laura Liuzzi, Elizama Almeida, Leonardo Gandolfi, Alice Sant'Anna, Mariana Quadros — caberia uma aproximação da personagem sem lembranças do vivido. Todos eles, cada um a seu modo, inventaram com seus olhares o tempo presente destas imagens.

Espero que este álbum de "inconfissões" espalhe e confunda os rostos, as palavras e os traços de Ana Cristina Cesar como matérias para muitos outros narradores. São, enfim, máscaras. Ana atrás dos óculos e do bigode.

Ana Cristina aos dois anos,
Rio de Janeiro, 5 de fevereiro de 1954.
Foto de Waldo Cesar.
Acervo Ana Cristina Cesar/IMS

18 Datiloscrito de "Soneto",
publicado em *Inéditos e dispersos –
Poesia/prosa* (Brasiliense, 1985,
org. Armando Freitas Filho).
Acervo Ana Cristina Cesar/IMS

SONÊTO

Pergunto aqui se sou louca

Quem quem saberá dizer

Pergunto mais, se sou sã

E ainda mais, se sou eu

Que uso o viés para amar

E finjo fingir que finjo

Adorar o fingimento

Fingindo que sou fingida

Pergunto aqui meus senhores

Quem é a loura donzela

Que se chama Ana Cristina

E que se diz ser alguém

É um fenômeno mór

Ou é um lapso sutil?

"inconfissões"-31.1o.68

Samba-canção

Tantos poemas que perdi.

Tantos que ouvi, de graça,

pelo telefone – taí,

eu fiz tudo pra você gostar,

fui mulher vulgar,

meia-bruxa, meia-fera,

risinho modernista

arranhando na garganta,

malandra, bicha,

bem viada, vândala,

talvez maquiavélica,

e um dia emburrei-me,

vali-me de mesuras

(era uma estratégia),

fiz comércio, avara,

embora um pouco burra,

porque inteligente me punha

logo rubra, ou ao contrário, cara

pálida que desconhece

o próprio cor-de-rosa,

e tantas fiz, talvez

querendo a glória, a outra

cena à luz de spots,

talvez apenas teu carinho,

mas tantas, tantas fiz...•

• Publicado em *A teus pés* (Brasiliense, 1982).

Uma das últimas fotos de Ana Cristina,
Rio de Janeiro, *c.* fevereiro de 1983.
Foto de Ricardo Chaves.
Acervo Ana Cristina Cesar/IMS

Ana Cristina em Caxias do Sul (RS),
verão de 1983.
Na página ao lado, Ana Cristina
no sítio da família em Pedra Sonora,
Resende, *réveillon* de 1982.
Fotos de Katia Muricy.
Acervo Pessoal Katia Muricy

23

24 Ana Cristina na região de Farellones,
Chile, fevereiro de 1983.
Ana Cristina em *cerro* San Cristóbal,
Chile, fevereiro de 1983.
Fotos de Waldo Cesar.
Acervo Ana Cristina Cesar/IMS

Ana Cristina em Valparaíso, Chile,
durante última visita aos pais,
fevereiro de 1983.
Foto de Waldo Cesar.
Acervo Ana Cristina Cesar/IMS

A foto é de 83. Tinha muita coisa em volta, barcos no meio da rua, um fusca amarelo, casas empilhadas, janelas abertas e fechadas, antenas de TV. Gente sem pressa, roupas de verão, uns conversando, outro sentado esperando o dia passar. Mais do que isso, não sei se ela contaria. Parece um sonho, talvez pelas cores. Telhados de palha, rotisserias, placas, árvores magras lá no alto. O tempo estava bom. O que aconteceu antes da foto, se ela tinha fome, se entrou numa das lanchonetes, se pediu uma empanada, se comeu com gosto. Se minutos antes estava dentro do barco, se ainda ia pegar o barco, se normalmente enjoava em barcos. Se tinha dormido bem, se o passaporte estava dentro da bolsa, se comprou uma lembrancinha. Se não sentia calor debaixo daquela blusa vermelha, um pouco quente para a estação, o que se passava por trás dos óculos escuros. Se o hotel era razoável, quantos dias ainda restavam até o fim da viagem, se mantinha um diário. Se já queria ir embora, se o tempo custava a passar. A boca sem expressão, essas coisas. O prazer de decidir, de partir (num barco?), ou de escolher ficar, mas poder mudar de ideia a qualquer minuto. Nunca ficar por ficar (seria um pecado). Ser lago, montanha. Na foto quase não dá pra ver, melhor então deixar em aberto? Se bem que não sei se ela contaria. Uma das últimas fotos dela, é possível. Por que não sorria pra câmera, se estava contente. Contente ou angustiada, se uma coisa elimina a outra, se tem diferença. Se queria voltar pra casa ou se não queria voltar nunca mais. Parece um sonho, não tinha muito sentido, talvez pelas cores. A foto é de 83, fevereiro. Ir embora o tempo todo, sem parar. Se tinha algum segredo, se sempre teve, e qual era. Se contaria (claro que não). O que escondia por trás dos olhos da menina séria, a mais discreta do mundo.

Alice Sant'Anna

Capa da primeira edição de *A teus pés*, publicada pela Editora Brasiliense na Coleção Cantadas Literárias em 1982.
Lançamento do livro, na livraria Timbre, Gávea, Rio de Janeiro, 9 de dezembro de 1982. Da esquerda para a direita, de cima para baixo: Waltércio Caldas, autor da capa do livro, e Ana Cristina; Luiz Schwarcz, Maria Emilia Bender, editores da Brasiliense, e o poeta Pedro Lage; Nina de Pádua e Ana Cristina; Luis Felipe Lenz Cesar; Ana Cristina autografando.
Fotógrafo não identificado.
Acervo Ana Cristina Cesar/IMS

Lançamento de *A teus pés*,
Rio de Janeiro, 9 de dezembro de 1982.
Fotógrafo não identificado.
Carta de Caio Graco, editor da Brasiliense,
por ocasião da publicação de *A teus pés*.
Acervo Ana Cristina Cesar/IMS

existem os talentos, como falou você, o Arrigo – e esta questão Rio e São Paulo fica por culpa da geração que passou.

ISTOÉ. *Vocês acham que os esquemas de produção independente são o passaporte para a autonomia da criação?*
Arrigo. O que assegura a integridade de sua obra é você. Agora, não há condições de se fazer um trabalho numa gravadora. Acho que muito por incompetência dos diretores, administradores. Porque eles investem em discos que não saem! Daquele monte, eles acertam um. É um pessoal que não tem a mínima visão de longo prazo. É claro que, se o sujeito chega e diz para você fazer o que quiser, com orquestra completa e pagando tudo, você topa. Se os caras podem vender disco para mim, podem distribuir, por que não? E tem outro engano aí. O pessoal costuma achar que tudo que é independente tem qualidade. Muitas vezes a imprensa se equivoca e elogia o trabalho do cara porque é independente, que depois eu escuto o disco em casa e é uma merda. *Outras Palavras* está na Polygram, e Caetano é um cara já institucionalizado, que está no esquema etc. Mas seu disco é muito melhor que a maior parte das produções independentes.
Ana (*apontando os livros que Leminsky havia distribuído*). Isso aí é independente, Leminsky?
Leminsky. Eu sou completamente independente, querida.
Ana. A produção é individual?
Leminsky. Não. É de uma agência de propaganda, que me deu de presente a edição.
Maria Padilha. Essa coisa da produção está se tornando uma cilada para a gente. Não sei como é para vocês, mas eu sinto que a gente está num dilema muito grande: de um lado a TV Globo, que é uma força no nosso caso, como a Polygram na do músico, e de outro nosso teatrinho pequeno, aquela coisa que a gente acha o maior barato, mas comenta "tão pouca gente veio hoje, né?". É uma frustração muito grande.

> "Vanguarda é uma coisa meio antiquada. É o futuro, e eu prefiro o presente"
> ÍCARO

ISTOÉ. *E como você resolveu este dilema entre a grande produção, e grande penetração, e o trabalho ideal?*
Maria Padilha. Para mim, separando as coisas. Eu posso fazer uma novela em que não acredite tanto por uma questão de sobrevivência ou até de aprendizado. Acho uma caretice a pessoa ficar lá no seu teatro experimental sem querer exercitar-se. Agora, quando eu quero uma pesquisa de linguagem, eu sigo o esquema de grupo, porque o trabalho isolado não avança. Eu adoraria ter na nossa peça um músico, um pintor incrível fazendo o cartaz, mas fica difícil porque a gente está muito isolado. Mas acho que a vontade de trabalhar com valores novos não deve implicar um rancor com o passado. Por exemplo, eu acho o Drummond o melhor poeta.
Leminsky. Augusto de Campos é muito melhor que o Drummond.
Maria Padilha. Isto não tem nada a ver, esse negócio de colocar as pessoas em rivalidade. Para o Cacaso existir, o Drummond tem que ser dado com careta... e a gente fica um país de modismos, um grande Rio de Janeiro.

> "Hoje não dá mais para aquela produção marginal inocente, de pequeno circuito"
> ANA

ISTOÉ. *E como vocês transam o sucesso?*
Gal. O sucesso se resume a cruzeiros, ou dólares.
Carla. O sucesso... eu nunca consigo dizer sim ou não. É um problema que tenho desde o primário.
Leminsky. Eu vou voltar para Curitiba. Pensei que encontrasse aqui pessoas inteligentes.

ISTOÉ. *E não encontrou?*
Leminsky. Encontrei pessoas inteligentes que não me deixam falar.

ISTOÉ. *Então fale.*
Leminsky. Sobre o quê?
Ícaro. O que você entende que é o sucesso?

Detalhe da matéria "Muito riso, muito siso", debate promovido pela revista *IstoÉ* (9 de junho de 1982), com Ana Cristina, Cacaso, Leminsky, Luis Alberto Pereira, Maria Padilha, Carla Camuratti, Arrigo Barnabé, Buza Ferraz e Ícaro Martins. O encontro reuniu nomes relevantes da produção cultural do momento assim apresentados:

Eles bocejam quando alguém os chama, inadvertidamente, de vanguarda – mas não negam que se consideram a ponta avançada da criação cultural brasileira. Abominam qualquer movimento cultural (argh!) organizado, mas cada um é fissurado no trabalho do outro, e alguns estão cogitando, ou conspirando, fazer trabalhos em comum. São a geração do pós-tropicalismo – a maioria tem em torno de 30 anos, uma década menos que o papa Caetano. Defensores ardorosos dos esquemas de produção alternativa, não desprezam um ou outro, convite do mass media. Música atonal teatro sujo e Rede Globo, com eles mantêm uma perfeita détente. Não têm nenhum particular rancor pelos mestres do passado, pela gramática ou pelo trabalho (trampo). Mas desconfiam que abertura política é apenas um slogan – que, de resto, não empolga muito. Misturar arte e política, então, é um sacrilégio de primeiro grau. Melhor é politizar a vida cotidiana – que, aliás, é o local de onde extraem suas lições, por não serem ardorosos adeptos da teoria. A arma secreta de todos eles é o humor – que resgatam do limbo das coisas "alienadas". Sentiram-se patrulhados pela esquerda e direita e são levemente pernósticos. Seus mitos variam de Bette Davis a Orlando Silva e o Mandrake. Querem o sucesso, afinal.

Manuscrito inédito e incompleto
de Ana Cristina sobre o encontro
promovido pela *IstoÉ*.
Acervo Ana Cristina Cesar/IMS

De ressaca

Fiquei perturbadíssima com uma tola matéria publicada na IstoÉ sob o título de "Muito Siso Muito Rico". Minha perturbação superlativa se deve, é claro, ao fato de ter sido eu uma das participantes, mas há mais nessa perturbação do que narciso ferido. Num desses movimentos aparentemente gratuitos, ainda com um forte traço de aborrecimento, acabei vasculhando o arquivo sobre o qual me sentei para posar para a revista. Nesse vasculhar, me lembrei do que Meu amigo Armando diz que a crise das 30 só bate aos 32.

Tala redonda . dois anos depois

De A a Z, meu arquivo pessoal é, estritamente, uma coleção de papelada que reuni na década de 70, década dos meus t . Estamos em 82 em que vivi meus vinte anos

E de repente, numa noite de 82, me dou conta de estar vivendo numa espécie de ressaca rebordosa do fim dos twenties, da belle époque da minha geração.

Por que exatamente esta matéria serve de gancho para esta sensação de fim de época? E por que chamo de belle époque a década da percepção mais feroz ditadura no Brasil e para os "jovens que viveram o sonho de 60, de que o sonho havia acabado?

Farei memorialismo. Um memorialismo delimitado pela passeio através do arquivo, pelo inven-

tário sentimental dessa coleçã. Mas antes explico que ~~ressaca não é~~ a minha não é uma ressaca das brabas, e onde ~~culpa moral~~ se mistura e tipo de sofrimento físico, e moral mas sim uma ressaca pontuada de certa enigmática felicidade. e discreta ~~Explico~~ Deixo este enigma mais para ~~adiante~~ adiante. ~~Explico~~ E respondo ~~Também~~ à 1ª pergunta, a respeito de tal matéria jornalística.

De ressaca

Fiquei perturbadíssima com uma tola matéria publicada na *IstoÉ* sob o título "Muito siso muito riso" (*sic*). Minha perturbação superlativa se deve, é claro, ao fato de ter sido eu uma das participantes, mas há mais nessa perturbação do que narciso ferido.

Num desses movimentos aparentemente gratuitos, ainda acabei com um forte travo de aborrecimento, vasculhando o arquivo sobre o qual me sentei para posar para a revista. Nesse vascular, me lembrei do que diz meu amigo Armando diz (*sic*) que a crise das idades redondas 30 só bate aos 32, dois anos depois.

De A a Z, meu arquivo pessoal é, estritamente, uma coleção de papelada que reuni na década de 70, década dos meus t., em que vivi meus vintes anos.

E de repente, numa noite de 82, me dou conta de estar vivendo uma espécie de ressaca ou rebordosa do fim dos *twenties*, da *belle époque* da minha geração.

Por que exatamente esta matéria serve de gancho para esta sensação de fim de época? E por que chamo de belle époque a década mais feroz da ditadura no Brasil e da percepção clara para os jovens que viveram o sonho de 60 de que o sonho havia acabado?

Farei memorialismo. Um memorialismo estritamente delimitado pelo passeio através do arquivo, pelo inventário sentimental dessa coleção. Mas antes explico que a minha não é uma ressaca das brabas, onde se misturam sofrimento físico e moral, mas sim uma ressaca pontuada de certa de certa felicidade enigmática e discreta.

Deixo este enigma mais para adiante. E respondo à 1ª pergunta, a respeito da tal matéria jornalística.

Ana Cristina na época do
lançamento de *A teus pés*, Gávea,
Rio de Janeiro, 1982.
Foto de Rogério Carneiro.
Acervo Ana Cristina Cesar/IMS

Charles Peixoto, Ana Cristina Cesar, Cacaso e Armando Freitas Filho no Jockey Club Brasileiro, Rio de Janeiro, 1982.
Abaixo, Ana Cristina, Rio de Janeiro, 1982.
Fotos de Rogério Carneiro.
Acervo Ana Cristina Cesar/IMS

Sou uma mulher do século XIX
disfarçada em século XX•

• Publicado em *Inéditos e dispersos – Poesia/prosa* (Brasiliense, 1985, org. Armando Freitas Filho).

38 Ana Cristina Cesar, Rio de Janeiro, 1982.
Foto de Katia Muricy.
Acervo Ana Cristina Cesar/IMS

O tempo fecha.

Sou fiel aos acontecimentos biográficos.

Mais do que fiel, oh, tão presa! Esses mosquitos que não me largam!

Minhas saudades ensurdecidas por cigarras! O que faço aqui no campo declamando

aos metros versos longos e sentidos? Ah que estou sentida e portuguesa,

e agora não sou mais, veja, não sou mais severa e ríspida: agora sou profissional.•

• Publicado em *Inéditos e dispersos – Poesia/prosa* (Brasiliense, 1985, org. Armando Freitas Filho).

40 Ana Cristina Cesar, Rio de Janeiro, 1982.
Fotos de Katia Muricy.
Acervo Ana Cristina Cesar/IMS

Estou bonita que é um desperdício.•

• Publicado em *Cenas de abril* (1979).

Jucélia me disse com rancor que minhas piadas-práticas f demodê. Vive um ataque rápido de choro e molhei a esboçou consolos, mas que nada. Augusto exo

Bia p. 47

"Não se pode escrever sem elaborar o
luto da sua 'sinceridade'." 92

FRAGMENTOS DE
UM DISCURSO
AMOROSO

@ seduces
do estilo

Mary 52-53

Comentários de Ana Cristina Cesar
na primeira edição de *Fragmentos de
um discurso amoroso*, de Roland Barthes
(Francisco Alves, 1981).
Acervo Ana Cristina Cesar/IMS

"Não se pode escrever sem elaborar o luto da sua 'sinceridade'". — 92

A SEDUÇÃO DO ESTILO

Amar Barthes
Consegue virtuosamente a façanha dos exímios escritores: que lentamente seu discurso sobre o amor provoque no leitor — mais que a identificação que tremula em cada virada de página, arrancando meus sorrisos e lembranças, de uma experiência comum — uma paixonite: pelo autor

Consegue uma tonalidade de afinação perfeita entre o poético, o filosófico e o psicológico.

Numa atenção muito especial à forma do livro, Barthes usa as margens para referenciar nomes que o seduziam "por um momento" e o levaram a escrever (pág. 5). Entre Freud ou Proust, algumas iniciais, cifras de conversas com amigos, participantes diretos desses fragmentos, coautores. E por uma química de estilo, o leitor ousa suspeitar que também pode ser coautor, e descobre uma paixão secreta.

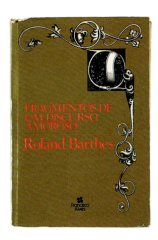

44 Convite de lançamento da coleção Capricho, iniciativa editorial independente que publicou títulos de autores marcantes da chamada poesia marginal.
Acervo Ana Cristina Cesar/IMS

Capa de *Luvas de pelica*, terceiro livro de Ana Cristina Cesar, publicado em 1981 pelo selo da coleção Capricho.
Acervo Ana Cristina Cesar/IMS

46 Os poetas Luis Olavo Fontes, Francisco Alvim, Ledusha e Ana Cristina Cesar no coquetel de lançamento de seus livros pela coleção Capricho na Livraria Xanam, em Copacabana, Rio de Janeiro, 1981.
Acervo pessoal Luis Olavo Fontes
Na página ao lado, livros de Zuca Sardan, João Padilha, Eudoro Augusto, Pedro Lage e Afonso Henriques Neto, lançados na mesma ocasião.
Acervo Ana Cristina Cesar/IMS

ALMANACH SPORTIVO
apresenta os PRIMEIRAS OLYMPIADAS SOCIAIS
directores: João Padilha & Zuca Sardana

CABEÇAS
88 poemas
Rio de Janeiro 1981
EUDORO AUGUSTO

ÚLTIMO TAPA
LUIS OLAVO FONTES

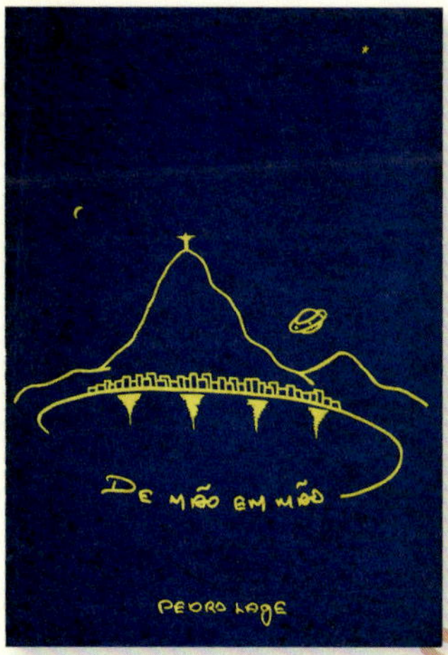
DE MÃO EM MÃO
PEDRO LAGE

LAGO, MONTANHA
FRANCISCO ALVIM

FESTA

OSSOS DO PARAÍSO

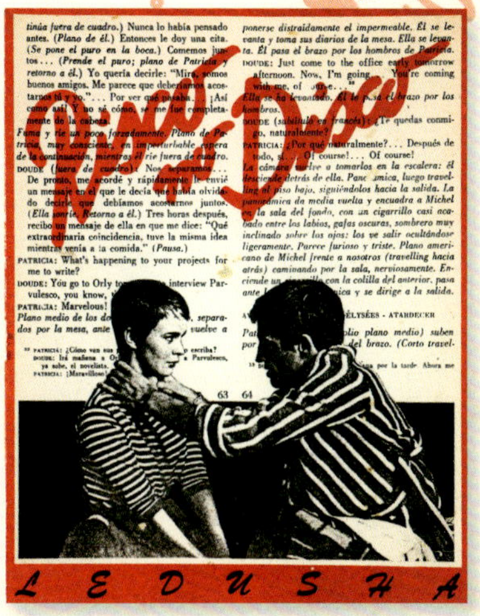
LEDUSHA

Uma carta que não vai seguir

Você falou em sorvete de pistache, saudades antigas. Hoje sinto uma nostalgia esquisita: do cheiro do detergente que lavava as louças em Londres, doce e perfumado, acrílico. Certas melancolias só a correspondência recupera. Escrever com objetivo, escrever num papel que viaja e chega ao outro lado, escrever pra dizer Coisas. *Pistacchios* & detergentes. Decido fazer (é o verbo) um livro de correspondências. O nome pode ser esse mesmo. Ou Livro das correspondências. Ou algo no gênero (tremor: minha mãe, e o horror do anúncio da Shell, sempre reprimiram a palavra algo) (alga) (fidalga) do título do próximo livro do Chico, "céu, montanha", acho. Podia ser "mostarda, pneu" ou "dearest heart" ou "Disfarce e chore" ou "marília, dirceu", ou "cartas do além" ou "coração, pneu" (algo! entre de amicis e camilo) ou ".

Manuscrito em que Ana Cristina se refere
à sua estadia em Londres e ao livro *Lago,
montanha*, de Chico Alvim. Publicado
em *Antigos e soltos – Poemas e prosas da pasta
rosa* (IMS, 2008, org. Viviana Bosi).
Acervo Ana Cristina Cesar/IMS
Abaixo e na p. 50, Ana Cristina na estação
de trem em Wivenhoe, Inglaterra, *c.* 1980.
Fotógrafo não identificado.
Acervo pessoal Christopher Rudd

Esquece a paixão, meu bem; nesses campos ingleses, nesse lago com patos, atrás das altas vidraças de onde leio os metafísicos, meu bem.

Não queira nada que perturbe este lago agora, bem.

Não pega mais o meu corpo; não pega mais o seu corpo.

Não pega.

Domingo à beira-mar com Mick. O desejo é uma pontada de tarde. Brincar cinco minutos a mãe que cuida para não acordar meu filho adormecido. And then it was over. Viajo num mini-bus pelo campo inglês. Muitas horas viajando, olhando, quieta.·

• Publicado em *Luvas de pelica* (Coleção Capricho, 1981).

pp. 51-54 Desenhos e textos feitos por Ana Cristina em caderno durante sua estadia em Portsmouth, cidade na qual planejava escrever sua dissertação de mestrado para a Universidade de Essex, retornando para Colchester poucos dias depois. Inglaterra, junho/julho de 1980.
Acervo Ana Cristina Cesar/IMS

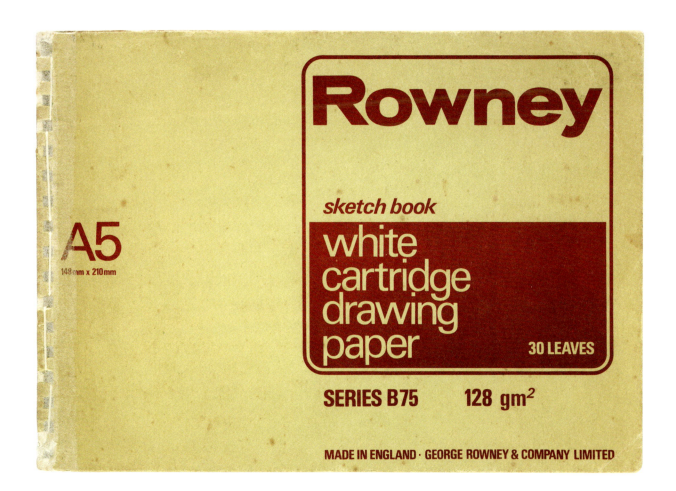

não ter medo de prosseguir.
  numa extremidade começam mapas, ilhas, inglaterras encobertas; noutra seres alternados — ora reconheço, ora não; às vezes sei onde vou dar, o nome "canguru" me ocorre, às vezes não sei e só depois percebo; quando o nome me ocorre encubro aos poucos — não ter medo do inesperado, mesmo ao som da hit parade.
  uma extremidade corre em direção à outra.
  mapas em direção a bichos.
    mulher é difícil!
    e patos então, voando em formação?

não têm olhos, só têm direção.
sem olhos, mas não cegos.

rapaz e mocinhas dando uma de bichos e arremedando amor.
  tudo fecha, os fios sempre emendam no final.
  uma forma determina a outra.
  a estrutura também é inesperada.
  alguns dão cria.

what is it?
('o que é o que é')

atrás do trampolim (overlapping a tramp)

gato (cat)

teu telefonema (watch my watch)

surrupiando (disappearing into nothingness)

cobra triste (a sad sad snake)

veja só (look at me)

ao sol (the 27th pregnant woman sunbathing)

não sei por que (scratching my back)

suicida (upside down)

aconteceu no último verão (frog)

Certificado de conclusão de mestrado em teoria e prática de tradução literária, da Universidade de Essex, na Inglaterra. Acervo Ana Cristina Cesar/IMS

Ana Cristina obtém título de *Master of Arts* com a tradução de "Bliss", conto de Katherine Mansfield. Na introdução da dissertação, comenta a escolha de "Êxtase" para traduzir "Bliss":

A tradução do título merece atenção especial. Não existe equivalente para bliss em português. Nos dicionários há palavras com sentido aproximado: felicidade, alegria, satisfação, contentamento, bem-aventurança etc. Decidi usar a palavra êxtase, porque ela exprime uma emoção que, ou ultrapassa a palavra felicidade — ou é mais forte do que ela. Creio que é importante estabelecer a diferença entre êxtase e felicidade. Êxtase sugere a sensação de uma espécie de suprema alegria paradisíaca, que só pode ser sentida em ocasiões muito especiais: em momentos de satisfação na relação bebê/mãe, em outras relações apaixonadas "primitivas", em fantasias homossexuais, no êxtase religioso e, muito raramente, na "vida real", nos relacionamentos entre adultos. Poder-se-ia dizer que o êxtase é, basicamente, uma emoção imaginária cheia de força e do poder próprios do imaginário.
Publicado em *Crítica e tradução* (Ática/IMS, 1999, org. Armando Freitas Filho, p. 323).

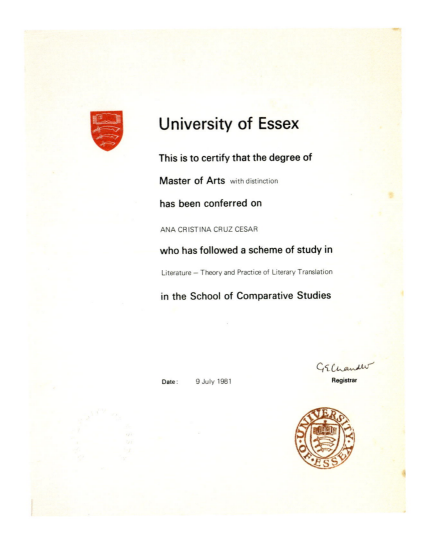

14 de setembro

Hoje saímos para fotografar porque além de fazer casinha sem parar estou transando um livrinho. Fechei o texto e resolvi fazer no ato. O irmão do Chris tem uma *off-set* na garagem, em Yorkshire. Já tive a primeira aprendizagem. Mão de obra seremos nós. Como não estou no Brasil acho que posso trocar o mercado pelo prazer do papel. Saí em campo (único senão é que ao campo tenho que ir só) e descobri umas lojas diabólicas em Londres, onde você senta e fica folheando milhares de mostruários de papel. Comprei o catálogo Letraset e passei as tardes brincando. E uma caneta Rotring porque sou eu que vou compor o livro à mão. (...) Estou incluindo amostras para você dar palpite. Em princípio o tamanho é esta folha *onion skin* dobrada ao meio, mas eis outro palpite que eu quero. Tem uma Fine Papers em Convent Garden que é uma loucura, coisas feitas à mão e tal. Aprendo igual aprendiz, *coated papers*, *uncoated*, tecnicalidades do cacete e não paro de pensar em você, claro.

27 de outubro

Meu livro está quase pronto. Mandei compor num tipo Tiffany light.
Como é que fala nos créditos? "Composto no lugar em tipo Tiffany light?" Soa estranho.
A composição vem em rolos inteiros de papel, agora faço o *art work* com tesoura e cola. Perdendo o mistério.

28 de novembro

Primeiro, ficou pronto o meu livro. Ajudei a imprimir numa velha garagem no meio do mato com pinheiros e carneiros. Só não vi a capa porque essa ia demorar mais. A carga ainda não chegou de Yorkshire e vai ser um drama mandar para o Brasil.*

• Publicado em *Ana C – Correspondência incompleta*
(IMS/Aeroplano, 1999, org. Armando Freitas Filho e Heloisa Buarque de Hollanda, pp. 65 e 71)

Montagem feita por Ana Cristina
para *Luvas de pelica*.
Acervo Ana Cristina Cesar/IMS

Luvas de Pelica
ana cristina c.

Quero te explicar isso, te passar este quarto imóvel com tudo dentro e nenhuma cidade fora com redes de parentela. Aqui tenho maquininhas de me distrair, tv de cabeceira, fitas magnéticas, cartões postais, cadernos de tamanhos variados, alicate de unhas, dois pirex e outras mais. Não tem nada lá fora e minha cabeça fala sozinha, assim, com movimento pendular de aparecer e desaparecer. Guarde bem este quarto parado, com maquininhas, cabeça e pêndulo no coração. Fiz uma penteadeira com Bogart e Bacall, très chic. Pronto, acabei esse assunto de quartinho cultural, mas guarde bem — para mais tarde. Fica contando ponto.

Choro que nem uma desapiedada no melodrama penitenciário. Fico dura com a travessia do deserto por Leslie Caron de freira sexy e Madron imbatível morrendo no final.

Ataque de riso no Paris Pullman numa cena inesperada de Preparem seus Lencinhos — a falação entregando tudo pela mãe do menino que Solange seduziu. Ninguém mais ria, só eu. Dor no corpo. Inglesa chata junto, pai da Vogue, habita Costa Brava. Me lembro da bandeira. Joe anômico, a vida corre, não tem memória ele diz. Alice nice, não gosta de não

Ana Cristina Cesar e Christopher Rudd,
seu namorado, em duas séries de fotos
em cabine fotográfica, Inglaterra,
novembro de 1980.
Acervo Ana Cristina Cesar/IMS
Acervo pessoal Christopher Rudd

Inverno europeu

Daqui é mais difícil: país estrangeiro, onde o creme de

leite é desconjunturado e a subjetividade se parece com um roubo

inicial. Recomendo cautela. Não sou personagem do seu livro e nem

que você queira não me recorta no horizonte teórico da década

passada. Os militantes sensuais passam

a bola: depressão legítima ou charme diante das mulheres inquietas

que só elas? Manifesto: segura a bola; eu de conviva não digo nada e

indiscretíssima descalço as luvas (no máximo),

à direita de quem entra.•

• Publicado em *A teus pés* (Brasiliense, 1982).

~~Conheci Ana~~ quando ela fazia o mestrado em tradução literária na Universidade de Essex. Estava muito envolvida com a literatura inglesa, lendo (ou tinha acabado de ler, não me lembro) *O Morro dos Ventos Uivantes*, de Emily Brontë. O romance, que se passa em Yorkshire, região da Inglaterra onde nasci, contém palavras do dialeto local, e Ana me pediu que eu lhe explicasse, o que me induziu a ler o livro também. Como seu interesse era grande, sugeri que visitássemos Haworth, a pequena cidade onde a romancista passou a maior parte de sua vida adulta.

Nesta foto, estamos sentados perto das lojas de suvenires que ficam numa rua de paralelepípedo onde Emily Brontë morou. Parecemos muito sérios — talvez estivéssemos nos impregnando da atmosfera literária. Mas isso foi no começo de nosso relacionamento, e Ana, mostrando-se muito feliz, absorvia o máximo que podia da cultura e da literatura inglesas.

Ainda tenho o exemplar de *O Morro dos Ventos Uivantes* que lemos juntos, e vê-lo na prateleira sempre me faz lembrar do tempo que passei com ela. •

Christopher Rudd

• Tradução de Elvia Bezerra.

Ana Cristina Cesar e Christopher Rudd, Haworth, Inglaterra, agosto de 1980.
Fotógrafo não identificado.
Acervo Ana Cristina Cesar/IMS

Ana Cristina Cesar, Paris, abril de 1980.
Foto de João Almino.
Acervo pessoal João Almino

Meia-noite. 16 de junho

Não volto às letras, que doem como uma catástrofe.

Não escrevo mais. Não milito mais. Estou no meio da cena, entre quem adoro e quem

me adora. Daqui do meio sinto cara afogueada, mão gelada, ardor dentro do gogó.

A matilha de Londres caça minha maldade pueril, cândida sedução que dá e toma e

então exige respeito, madame javali.

Não suporto perfumes. Vasculho com o nariz o terno dele. Ar de Mia Farrow, translú-

cida. O horror dos perfumes, dos ciúmes e do sapato que era gêmea perfeita do ciúme

negro brilhando no gogó. As noivas que preparei, amadas, brancas. Filhas do horror

da noite, estalando de novas, tontas de buquês. Tão triste quando extermina, doce,

insone, meu amor.•

• Publicado em *A teus pés* (Brasiliense, 1982).

Ana Cristina Cesar, Paris, abril de 1980.
Foto de João Almino.
Acervo pessoal João Almino

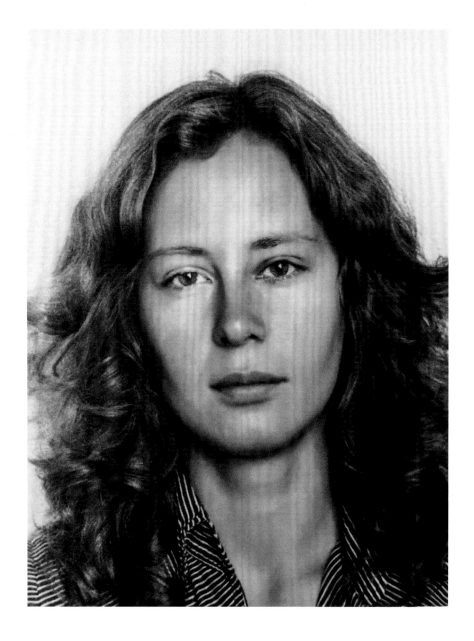

Escolhi este raro retrato sério – sem pose – de Ana Cristina porque em se tratando seja de sua poesia, de seus ensaios críticos, de suas traduções e, mesmo, de sua correspondência não ficcional, falar sério constitui matéria problemática. "Como ser séria e profissional numa coisa que nem é bem minha profissão? E que chatice ter de ser séria. Ou não? Eu não disse que eu era séria?"

Sobre falar sério em literatura, Ana exprime em verso e prosa sua opinião. Apesar da admiração por Sylvia Plath, para cujos poemas, afinal de contas, procura e encontra a melhor tradução, ela se ressente de constatar neles o peso de um excesso de seriedade e das "Pouquíssimas reviradas, passes ou vias respiratórias". Que são a sua especialidade.

Ana Cristina Cesar, Rio de Janeiro,
década de 1970.
Fotógrafo não identificado.
Acervo Ana Cristina Cesar/IMS

Lembram-se do final da *Correspondência completa*? Vinha ela em intenso exercício de reviravoltas, aludindo a cenas, casos, fofocas, sugando epígrafes, referindo meias confidências, confessando — "Não fui totalmente sincera" — e quase concluindo: "Só posso dizer que corei um pouco de ser tudo verdade". Mas um P.S.1 e um P.S. 2 seguem-se a essas afirmações ágeis, espertas, inconsequentes: "Quando reli a carta descobri alguns erros datilográficos, inclusive a falta do h no verbo chorar. Não corrigi para não perder um certo ar perfeito". E vai por aí, encaixilhando espelhos.

Incessantemente, Ana explica e se explica: "Aí você sai do âmbito da Verdade, com letra maiúscula. Você saca que ela nem existe, que ela nem pode ser transmitida. Na literatura, então, não essa verdade... Já que é uma impossibilidade, eu opto pelo literário e essa opção tem que ter uma certa alegria."

Entretanto, a "certa alegria", a proposital inconsequência na literatura de Ana é frequentemente interrompida por momentos da expressão de um intenso sentimento da verdade, da realidade e, por isso mesmo, de grande seriedade:

Brasília está tombada
iluminada como o mundo real
pouso a mão no teu peito
mapa de navegação
desta varanda
hoje sou eu que
estou te livrando
da verdade

Clara de Andrade Alvim

Equipe do coração
Luiz Olavo Fontes (produção)
Heloisa Buarque de Hollanda (visual e capa)
Sergio Lluzzi (arte final)
Armando Freitas Filho
Paulo Venâncio Filho

Impresso na Cia. Brasileira
de Artes Gráficas
junho/julho 1979

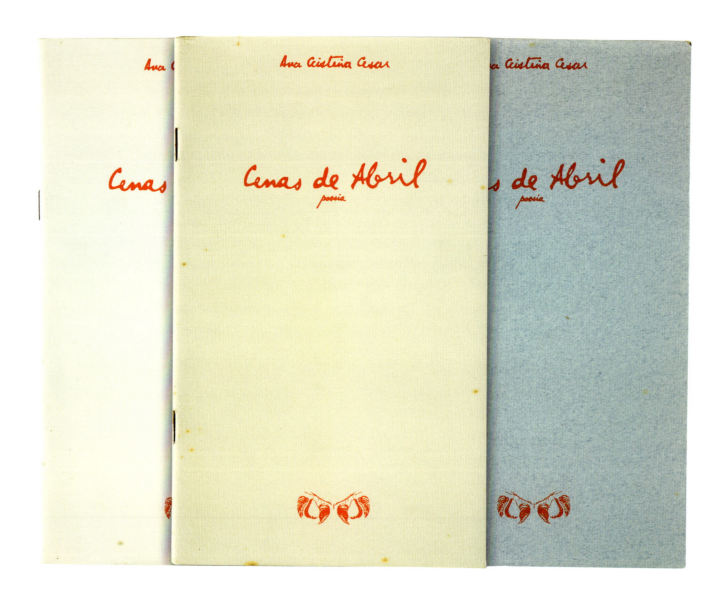

Capas e colofão de *Cenas de abril* (1979), primeiro livro de Ana Cristina, publicado em edição independente com três opções de capa.
Capa e colofão de *Correspondência completa* (1979). Apesar do título, o livreto – no formato 10,5 x 7 cm – traz apenas uma carta. Outro dado irônico é o falso registro de que se trata de uma segunda edição.
Acervo Ana Cristina Cesar/IMS

Ana Cristina e convidados no lançamento de seus dois primeiros livros, *Cenas de abril* e *Correspondência completa*, na livraria Noa Noa, no shopping Cassino Atlântico, em Copacabana, 4 de setembro de 1979. O evento contou também com recital de poesia e exposição de artes. Nesta página, em sentido horário, Ana Cristina com: Elizabeth Sarmento Costa e Amaury Costa; pastor Mozart Noronha; Toni Lins; o poeta João Carlos Pádua; Katia Muricy e Marcos Augusto Gonçalves; Flavio Lenz.
Na página ao lado, com: Lucia Muniz Figueiredo; e Rogério Villaça.
Fotógrafo não identificado.
Recorte de jornal e convite do lançamento/inauguração da livraria Noa Noa, 1979.
Acervo Ana Cristina Cesar/IMS

• No Shopping Cassino Atlântico (Av. Copacabana esquina com Francisco Otaviano) inaugura-se hoje, às 20h, a Livraria Noa Noa, que trabalhará também com desenhos, gravuras, fotografias e posters, além de livros. A noite de abertura terá exposição de trabalho de Antonio Manuel, Cildo Meireles, Denise Weller, Luiz Alphonsus, Nelson Augusto e Ronaldo do Rego Macedo; lançamento dos livros Cenas de Abril e Correspondência Completa, de Ana Cristina Cesar, e recital de poesia do grupo Nuvem Cigana e dos poetas Bernardo de Vilhena, Chacal, Charles e Ronaldo Santos.

NOA NOA

INAUGURAÇÃO
4 DE SETEMBRO
20 HORAS

Ana Cristina César
Cenas de Abril
poemas
Correspondência Completa

NUVEM CIGANA
recital
Bernardo de Vilhena
Chacal
Ronaldo Santos

EXPOSIÇÃO
Antonio Manuel
Denise Weller
Cildo Meireles
Luiz Alphonsus
Nelson Augusto
Ronaldo do Rego Macedo

NOA NOA LIVROS E OBJETOS DE ARTE LTDA.
SHOPPING CASSINO ATLÂNTICO - LOJA 301 — TEL.
AV. ATLÂNTICA, 4240 — CEP 22070 — RIO DE JANEIRO - RJ

Esta foto foi tirada num mês de abril, em Búzios, no final dos anos 1970. Sei que foi em abril porque foi nessa temporada que montamos e batizamos o livro *Cenas de abril*, o primeiro que Ana estava publicando. Eu tinha (tenho) uma casinha linda de pescador plantada na areia, bem em frente ao mar, na praia de Manguinhos, conhecida também como praia Rasa, num tempo em que lá ainda não havia condomínios, restaurantes e *shoppings*. Apenas pensões com PF, quitandas e lojinhas locais. Ana passava longas temporadas lá comigo, embalada a vento, areia, mar e muita conversa. Numa dessas, ela comentou sua paixão por cartas, e sugeri que fizéssemos, ali mesmo, um volume com uma única carta falsa (ou sem remetente) e que viria a se chamar paradoxalmente *Correspondência completa*. Em pouquíssimo tempo, a carta estava escrita, e partimos para a edição 100% doméstica do livro. No final, lacramos com ferro de passar roupa o livrinho em saco plástico, como se fazia então com revistas proibidas para menores. Para finalizar, a informação "segunda edição", igualmente falsa, para deleite da Ana e aflição de futuros bibliófilos. Essa produção foi feita em rigorosos três dias, descontado o tempo de praia ou de bobeira na varanda, como registra a foto.

Heloisa Buarque de Hollanda

Heloisa Buarque de Hollanda e Ana Cristina Cesar em Búzios (RJ), onde passava temporadas, 1978. Fotógrafo não identificado. Acervo Ana Cristina Cesar/IMS

74 Abaixo e na página ao lado, Ana Cristina
Cesar em Búzios (RJ), 1978.
Fotógrafos não identificados.
Acervo Ana Cristina Cesar/IMS

Este sorriso que muitos chamam de boca

É antes um chafariz, uma coisa louca*

• Publicado em *Inéditos e dispersos – Poesia/prosa* (Brasiliense, 1985, org. Armando Freitas Filho).

Capa de *Literatura não é documento*, dissertação de mestrado em comunicação, orientada por Heloisa Buarque de Hollanda, publicada pela Funarte no ano seguinte à sua conclusão, 1980.
Na página ao lado, manuscrito de texto publicado em *Inéditos e dispersos – Poesia/prosa* (Brasiliense, 1985, org. Armando Freitas Filho).
Acervo Ana Cristina Cesar/IMS

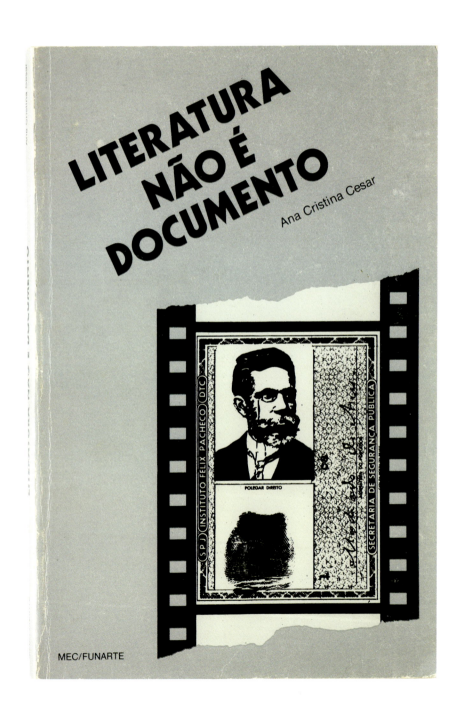

I

Enquanto leio meus seios estão a descoberto. É difícil concentrar-me ao ver seus bicos. Então rabisco as folhas deste álbum. Poética quebrada pelo meio.

II

Enquanto leio meus textos se fazem descobertos. É difícil escondê-los no meio dessas letras. Então me nutro das tetas dos poetas pensados no meu seio.

Ana Cristina professora: carteira do SinproRio (Sindicato dos Professores do Município do Rio de Janeiro), 1978.
Ana Cristina tradutora: carteira da Abrates (Associação Brasileira de Tradutores), 1982.
Acervo Ana Cristina Cesar/IMS

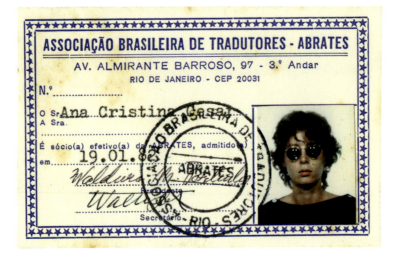

Notas de tradução de Ana Cristina Cesar.
Capa de *O Relatório Hite sobre a sexualidade feminina*, de Shere Hite, traduzido por Ana Cristina (Edifel, 1977).
Acervo Ana Cristina Cesar/IMS

80   Ana Cristina Cesar, Campos do Jordão (SP),
     agosto de 1978.
     Acervo Ana Cristina Cesar/IMS
     Na página ao lado, Flavio Lenz e Ana Cristina
     Cesar, Campos do Jordão (SP), agosto de 1978.
     Acervo pessoal de Cecília Leal
     Fotos de Cecília Leal

Fotografar era pescar na margem relvada do rio.

Rigidez aguardando um clique. Um *still*.•

• Publicado em *A teus pés* (Brasiliense, 1982).

Ana Cristina Cesar, Bariloche e Buenos Aires,
Argentina, fevereiro de 1977.
Fotógrafos não identificados.
Acervo Ana Cristina Cesar/IMS

Italo Moriconi e Ana Cristina Cesar, Porto Alegre, janeiro de 1977.
Fotógrafo não identificado.
Na página ao lado, Ana Cristina Cesar, Porto Alegre, janeiro de 1977.
Foto de Italo Moriconi.
Acervo Ana Cristina Cesar/IMS

Nada, esta espuma

Por afrontamento do desejo
insisto na maldade de escrever
mas não sei se a deusa sobe à superfície
ou apenas me castiga com seus uivos.
Da amurada deste barco
quero tanto os seios da sereia.*

• Publicado em *Cenas de abril* (1979).

Último adeus II

O navio desatraca

imagino um grande desastre sobre a terra

as lições levantam voo,

agudas

pânicos felinos debruçados na amurada

e na *deck chair*

ainda te escuto folhear os últimos poemas

com metade de um sorriso•

Ana Cristina Cesar, Brasília,
c. janeiro de 1977.
Fotógrafo não identificado.
Acervo Ana Cristina Cesar/IMS

Ana Cristina Cesar, 1977
Fotógrafo não identificado.
Acervo Ana Cristina Cesar/IMS

Instruções de bordo
(para você, A.C., temerosa, rosa, azul-celeste)

Pirataria em pleno ar.
A faca nas costelas da aeromoça.
Flocos despencando pelos cantos dos
lábios e casquinhas que suguei atrás
da porta.
Ser a greta,
o garbo,
a eterna *liu-chiang* dos postais vermelhos.
Latejar os túneis lua azul celestial azul.
Degolar, atemorizar, apertar
o cinto o senso a mancha
roxa na coxa: calores lunares,
copas de champã, charutos úmidos de
licores chineses nas alturas.
Metálico torpor na barriga
da baleia.
Da cabine o profeta feio,
de bandeja.
Três misses sapatinho fino alto esmalte nau
dos insensatos supervoos
rasantes ao luar
despetaladamente
pelada
pedalar sem cócegas sem súcubos
incomparável poltrona reclinável.•

• Publicados em *Cenas de abril* (1979).

Como se vê, as fotos estão cheias de vida. Na verdade, parece que estas imagens podem substituir a vida, ao mesmo tempo que a deixam escapar.

Então, devagar, vamos nos aproximando de uma foto apenas. Peço desculpas pela redundância da descrição, mas vou precisar dela para criar o efeito. Ao fundo e à esquerda, um lago com um pequeno píer e pedalinhos que podem ser alugados para uma volta. Já do lado direito, um estacionamento especial para bicicletas, que também podem ser alugadas.

Ana Cristina Cesar, Porto Alegre,
12 de fevereiro de 1977.
Foto de Italo Moriconi.
Acervo Ana Cristina Cesar/IMS

Estamos num sábado de sol, 12 de fevereiro de 1977.

Em primeiro plano, os personagens da foto. Alguns podem ser identificados: Katherine Mansfield, Jorge de Lima, Billie Holiday, Drummond, Gertrude Stein, Mário de Andrade, Emily Dickinson, Chico Alvim, Elizabeth Bishop, João Cabral, Eliot, Cecília Meireles. Isso sem falar dos que não identificamos, porque não conseguimos ver bem seus rostos ou por desconhecermos quem sejam. Todos ocupam o centro da imagem.

Acontece que não estão apenas posando para a foto: foram flagrados em plena ação, e a ação, aqui, é um passeio no parque. Por exemplo, Gertrude não levou a identidade, então pede que João Cabral empreste a dele, afinal, ela quer andar de bicicleta; ele, não. Chico Alvim também esqueceu a identidade, então pede a de Eliot emprestada. No caso de Chico, é para andar de pedalinho, e não de bicicleta. Billie Holiday gosta de andar tanto de bicicleta quanto de pedalinho, mas nunca traz a identidade, daí que ela vai ter que pedir emprestada duas vezes.

Eliot, João Cabral e outros não saem de casa sem as identidades. Por outro lado, há aqueles que, mesmo sabendo que aqui só se alugam bicicletas e pedalinhos com a identidade em mãos, nunca trazem as suas, ou porque são esquecidos ou porque sempre perdem as coisas.

Agora vamos aos poucos nos afastando da imagem. Os personagens vão perdendo seus traços, fundindo-se uns nos outros. A mistura faz nascer outro contorno. Agora esse paciente labirinto de linhas traça a imagem do rosto de Ana, que, por trás dos óculos escuros, nos olha.

Leonardo Gandolfi

90 Clara Alvim, Brasilia, *c.* janeiro de 1977.
Foto de Ana Cristina Cesar.
Ana Cristina Cesar, Brasília,
c. janeiro de 1977.
Foto de Clara Alvim.
Acervo Ana Cristina Cesar/IMS

22 de março

Estou de volta, baixei, pisei, parei. Aulas dadas e ouvidas, análise corrida, trânsito. Tive uns dias meio em choque, enxaqueca e susto. Agora sossego. Chegaram as fotos da viagem, de Brasília a Bariloche, que meu irmão ampliou. Fiz um quadrinho da minha cara vista por ti da Brasília de Cecília. Todo dia me olho entre livros. Guardo a viagem com carinho. Foi a primeira boa viagem em tanto tempo! Argentina é um baratão. (...) Também gostei muito da foto que eu tirei olhando pra você do banco da frente onde minutos antes posei. Há outras incríveis, no alto de montanhas de Bariloche, no meio da maravilhosa Buenos Aires, no Nahuel Huapi (?). Neves, teleféricos, postais. Floridas.•

• Publicado em *Ana C – Correspondência incompleta*
(IMS/Aeroplano, 1999, org. Armando Freitas Filho e Heloisa Buarque de Hollanda, p. 23).

A foto é a tirada por Clara. Ana olha para trás, Clara bate a foto. No para-brisa, com uma aparência de interior de cratera, a meia parede da cidade. Em Brasília, todo automóvel tem seu momento de espaçonave. Este parece que decola de dentro de um vesúvio.

Talvez prefira outro fundo, o de uma segunda foto, provavelmente batida em seguida, em que a luz igualmente estourada joga parte qualquer da cidade contra o para-brisa: três ou quatro blocos de edifícios que passam se apagando, ofuscados.

Ana — volto à primeira foto — ri, sorri, conversa. Não ela; sua imagem, o que restou gravado no jogo da sombra e da luz.

Francisco Alvim

Maria Cecilia Londres e Ana Cristina Cesar, Brasília, c. janeiro de 1977. Fotógrafo não identificado.
Na página ao lado, Ana Cristina Cesar, Brasília, c. janeiro de 1977.
Foto de Clara Alvim.
Acervo Ana Cristina Cesar/IMS

Minha boca também

está seca

deste ar seco do planalto

bebemos litros d'água

Brasília está tombada

iluminada como o mundo real

pouso a mão no teu peito

mapa de navegação

desta varanda

hoje sou eu que

estou te livrando

da verdade•

• Publicado em *A teus pés* (Brasiliense, 1982).

Ana Cristina Cesar,
local não identificado, *c.* 1975
Fotógrafo não identificado.
Acervo Ana Cristina Cesar/IMS

16 de junho

Posso ouvir minha voz feminina: estou cansada de ser homem.

Ângela nega pelos olhos: *a woman left lonely*. Finda-se o dia. Vinde meninos,

vinde a Jesus. A Bíblia e o Hinário no colinho. Meia branca.

Órgão que papai tocava. A bênção final amém. Reviradíssima no beliche

de solteiro. Mamãe veio cheirar e percebeu tudo. Mãe vê dentro

dos olhos do coração mas estou cansada de ser homem. Ângela me dá trancos

com os olhos pintados de lilás ou da outra cor sinistra da caixinha.

Os peitos andam empedrados. Disfunções. Frio nos pés. Eu sou o caminho

a verdade a vida. Lâmpadas para meus pés é a tua palavra.

E luz para o meu caminho. Posso ouvir a voz. Amém, mamãe.*

• Publicado em *Cenas de abril* (1979).

96

Flavio Lenz e Ana Cristina Cesar,
Rio de Janeiro, 1976.
Acervo pessoal Cecília Leal
Na página ao lado, Ana Cristina Cesar,
Rio de Janeiro, 1976.
Acervo Ana Cristina Cesar/IMS
Fotos de Cecília Leal

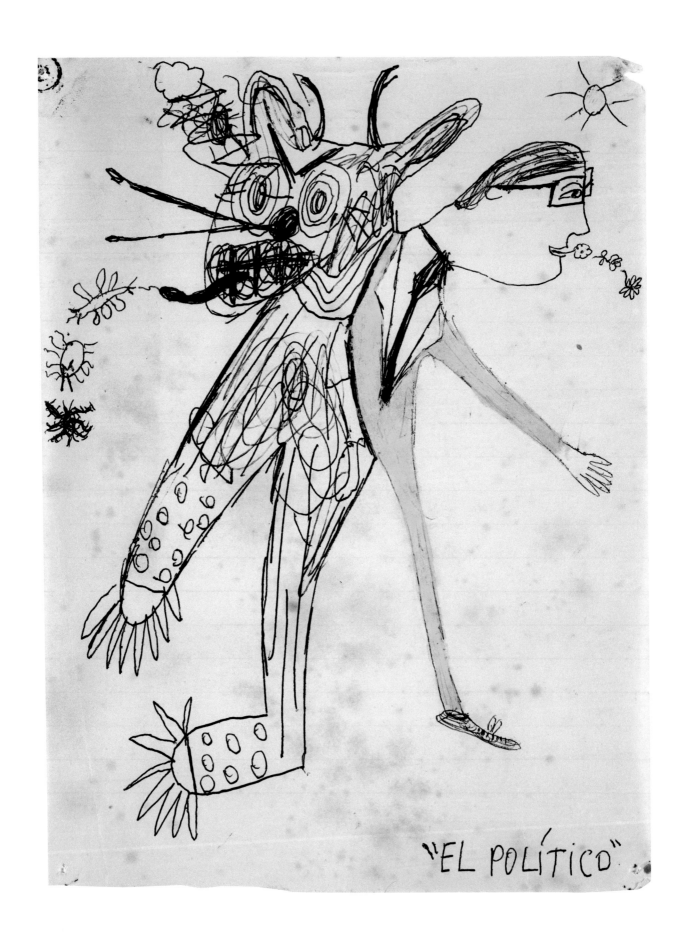

Caricatura de Ana Cristina Cesar por Cássio Loredano, publicada junto ao texto de Caio Fernando Abreu, "Por aquelas escadas subiu feito uma diva", *O Estado de S. Paulo*, Caderno 2, 29 de julho de 1995.
Na página ao lado, desenho feito por Ana Cristina com esferográfica e guache, provavelmente inspirado pelo clima político dos anos 1970.
Acervo Ana Cristina Cesar/IMS

O retrato não faz a opção pela volúpia imediata do colorido. Não oferece o mesmo tipo de profundidade histórica dada pelo envelhecimento natural das cores no papel. Apesar disso, não lhe faltam sedução e sentido do tempo. A austeridade do preto e branco, em vez de duplicar as características sensíveis, de dar realismo aos elementos do mundo, costuma acentuar suas gradações de luminosidade. Sobre matizes de cinza, o preto passa velozmente para o branco, o opaco para os incêndios de luz. Os contrastes aos poucos se revelam impasses. Como uma moldura em dois tempos, dois enquadramentos, a janela se abre para "aqueles dois quartos vazios" aos quais é preciso voltar e olhar de novo. O sujeito explicitamente contracena com o real dos prédios, o apelo inorgânico da cidade. A matéria vegetal, no canto inferior, em simetria com a atitude humana, reflete o volume de cabelos, traz o mundo à dimensão do vivo. Aqui dentro, a luminescência sequestrada; lá fora, apesar do embaciamento, há algo que se acende. Como se, preso em espaço fechado, submerso, o corpo aspirasse um resto de ar encapsulado. Se a nomeação do mundo se dá pelo contorno, o contorno de um sujeito é seu perfil. O perfil é a assinatura visível de um corpo. O sujeito perfilado não é aquele que abre mão do sujeito real, mas que coloca em

Ana Cristina, Rio de Janeiro, *c.* 1979.
Foto de Cecília Leal.
Acervo Ana Cristina Cesar/IMS

primeiro plano a questão de sua possibilidade. O sujeito está em primeiro plano, mas como possibilidade. Há poetas que, diante da lente, olham para o chão. Aqui, o perfil do sujeito tem a ver com o êxtase. Certa semelhança entre a postura de Ana Cristina e a Teresa d'Ávila de Bernini. Relação entre o sufocamento e o arrebatamento. O queixo levantado, os lábios levemente separados parecem querer sorver a luz que dá possibilidade a todo visível. Os lábios aspiram ao vasto, ao que não se pode conter num enquadramento, mas que só de dentro dele é nomeável. A gestualidade não dá as costas para o mundo. O sentido do impasse entre o fechado e o aberto, também "emparedado" de outra forma pelos prédios (em uma experiência histórica contemporânea da "abertura"), está contido nesse gesto. Dentro e fora são encenações distintas do mesmo dilema. A experiência do sujeito, estando em excesso, como que explicita a que está em jogo no real. Como em certos poemas, o real vem em excesso, desejo ou impossibilidade de forma. O real não é apenas um fundo para a experiência do sujeito, assim como os prédios não são apenas o fundo de um perfil: é também um corpo, um corpo que deseja forma, que resiste à evaporação, à densidade granulada do vidro. Nada disso seria visível, como tal, sem a janela. A janela é uma moldura. Mas não é um enquadramento qualquer. Como parte da cena, é também uma experiência de abertura. Mas a abertura não é uma possibilidade qualquer. A abertura é tão perigosa quanto uma "brecha" pode ser auspiciosa. Designa o impasse e também a possibilidade de liberação do impasse. É o mesmo risco que corre uma foto. O perigo e o júbilo de confundir-se com aquilo que seria seu modelo — de perder sua imagem ou de retratá-la tão bem, Ana Cristina Cesar.

Marcos Siscar

Montagem de *Não pode ser vendido separadamente*, livro idealizado por Ana Cristina Cesar em 1976, que não chegou a ser lançado. Alguns poemas incluídos ali constariam de *Cenas de abril*, sua primeira publicação, três anos depois. Publicado em *Antigos e soltos – Poemas e prosas da pasta rosa* (IMS, 2008, org. Viviana Bosi).
Acervo Ana Cristina Cesar/IMS

Capa de *Álbum de retalhos*,
livro idealizado por Ana Cristina,
nunca publicado. Alguns poemas
incluídos ali seriam recolhidos
adiante em *Cenas de abril*.
Acervo Ana Cristina Cesar/IMS

álbum de retalhos

Ana Cristina Cesar
1975

olho muito tempo o corpo de uma poesia
até perder de vista o que não seja corpo
e sentir separado dentre os dentes
um filete de sangue
nas gengivas

104 Ana Cristina Cesar, Rio de Janeiro, c. 1970
Foto de Cecília Leal.
Embaixo, desenho de Ana Cristina com
referência à canção "Da maior importância",
de Caetano Veloso.
Na página ao lado, desenho de Ana Cristina,
11 de julho de 1974. Publicados em
Antigos e soltos – Poemas e prosas da pasta rosa (IMS, 2008, org. Viviana Bosi).
Acervo Ana Cristina Cesar/IMS

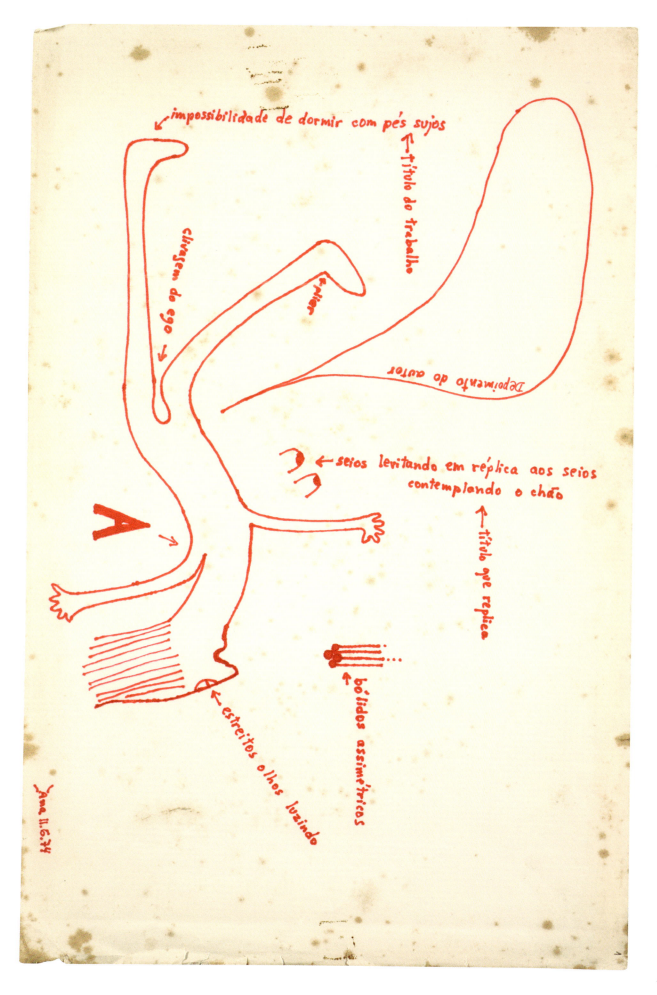

recuperação da adolescência

I

é sempre mais difícil

ancorar um navio no espaço

só esta

II

um mar de oswald

são os signos fechados desta mão

nes

III

nes

poesia passeias de uma hora para outra

eu não te esperava criatura

talvez eu devesse cuspir das verdes entranhas

o maligno de cada passeio

-poesia se evade em ziguezague

Datiloscritos com anotações de
Ana Cristina. O fragmento I do poema
"recuperação da adolescência"
foi publicado em *Cenas de abril* (1979)
e o V, em *Inéditos e dispersos* (1985).
Acervo Ana Cristina Cesar/IMS

IV

... e sobre tudo atento repousa
meu nobre esqueleto mudo

V

este sorriso que muitos chamam de boca
é antes um chafariz à sombra de um anjo
morto

108 Ana Cristina Cesar, Rio de Janeiro, *c.* 1970.
Fotos de Cecília Leal.
Acervo Ana Cristina Cesar/IMS

a gente sempre acha que é

Fernando Pessoa*

• Publicado em *Inéditos e dispersos – Poesia/prosa* (Brasiliense, 1985, org. Armando Freitas Filho).

Carta de Heloisa Buarque de Hollanda a Ana Cristina Cesar convidando-a para integrar *26 poetas hoje*, antologia que consagrou a geração marginal carioca, 3 de outubro de 1975.
Capa da primeira edição de *26 poetas hoje* (Labor, 1976, org. Heloisa Buarque de Hollanda).
Na página ao lado, manuscrito com cinco versões de "Solto a cabeça" e outros poemas. Publicado em *Antigos e soltos – Poemas e prosas da pasta rosa* (IMS, 2008, org. Viviana Bosi).
Acervo Ana Cristina Cesar/IMS

Abril 75

solto
~~escudo~~ minha cabeça entre os pombos
~~Presente~~ ~~total discursivo~~
~~tu~~
a língua-mãe lambe e acata ~~esse meu~~ o vôo

2

solto ~~minha~~ a cabeça entre os pombos ~~pardos da noite~~
~~a língua mãe~~
~~lambe e acata o vôo a tu~~
pardos ~~vinhos~~ ~~trôpe~~ vinhos trôpego silêncio
~~v acata~~
a língua mãe lambe e acata o vôo

P

solto a cabeça ~~em~~
entre os pombos
pardos da noite
a língua-mãe lambe
e ~~acata~~ enlaça o vôo
~~tu num ató~~
meu trôpego
silêncio

solto a cabeça
entre os pombos
pardos da noite

a língua mãe
lambe e enlaça
o vôo meu

trôpego silêncio

solto a cabeça
entre os pombos
pardos da noite

a língua mãe lambe
e enlaça o vôo
meu trôpego

silêncio

Idolatria   Iconoclastia

Banquete
cheguei a perder o
paladar
de tanto pensar que
comia

Debruçar-se sobre o verbo haver

as palavras escorrem como líquidos
lubrificando passagens ressentidas

112 Desenho de Ana Cristina, 1974. Publicado em *Antigos e soltos – Poemas e prosas da pasta rosa* (IMS, 2008, org. Viviana Bosi).
Na página ao lado, datiloscrito inédito, setembro de 1974.
Acervo Ana Cristina Cesar/IMS

a palavra cão diz

William James

não morde

a palavra não fiz

a palavra

do cão é morte

a palavra cão

diz William James não

mata

a palavra não

fiz a palavra

que mata

Ana Cristina
5/9/74

Ana Cristina Cesar em viagem ao Nordeste para auxiliar o grupo de pesquisa socioeconômica e religiosa do Centro de Estudos, Pesquisa e Planejamento (Cenpla), organização não governamental fundada por seu pai, Waldo Cesar, Pernambuco, 1972. Fotógrafo não identificado. Acervo Ana Cristina Cesar/IMS

Versão manuscrita e datiloscrita de "Pequena fábula", de 17 de maio de 1974, publicado em *Antigos e soltos – Poemas e prosas da pasta rosa* (IMS, 2008, org. Viviana Bosi).
Acervo Ana Cristina Cesar/IMS

Datiloscrito

PEQUENA FÁBULA

Uma disse para a outra:

— "Eu muito me orgulho da nossa relação ~~da maturidade da~~ 'da maturidade da nossa relação'.

É uma relação tão causticamente madura que certos momentos me fizeram pensar tratar-se de um jogo de frivolidades. Mas vejo agora que é preciso elaborar também causticamente este jogo, como que descansando um pouco da cáustica maturidade que nos une."

Subitamente sentiram-se (ambas se... curioso; pode-se dizer que "ambas se... onisciência mas porque a situação o co... dade de alucinação por parte de uma a... com uma certa margem ilusória que na v... de ambas:) levitar graciosamente e, s... ar uma figura com esta forma... enc... (também levitante) beij... parecer sórdido, a... delabro italiano a... estavam vestidas róse... sendo que embaixo... ruídos de salão. N... mesma forma que ha... via... não pareciam exprimir... horr... fundo e aterrador... pasm... em suas vidas... Mas finalmente uma delas ex...

— "Se você não me quer, vou... tir de todos os sonhos e ao mesmo te... sim, num pasmo permanente, frente a... ~~dez e da~~ traição que fiz a maturidade...

Ao que a outra ?

Manuscrito

PEQUENA FÁBULA

Uma disse para a outra:

— "Eu muito me orgulho da nossa relação as tão madura. E o mais fantástico é que é uma relação tão causticamente madura que tem, os seus momentos que me fizeram pensar tratar-se de um jogo de frivolidade. Mas vejo agora que é preciso elaborar também causticamente este jogo, como que descansando um pouco da cáustica maturidade que nos une."

Subitamente sentiram-se (ambas sentiam; é este o fato curioso; pode-se dizer que "ambas sentiam simultaneamente". Não por uma onisciência mas porque a situação o comprovou, o que nega a possibilidade de alucinação por parte de uma que me permita dizer com uma certa margem ilusória que na verdade trata-se de alucinação de ambas:) levitar graciosamente e, saindo do solo, descrever no ar uma figura com esta forma: e encontrarem-se no alto para um (também levitante) beijo de boca que lhes deveria parecer sórdido, ainda mais que havia um candelabro italiano a poucos pés de suas cabeças, e estavam vestidas rósea e candidamente para o baile, sendo que embaixo passavam cavaleiros, pares risonhos, ruídos de salão. Não tardou que baixassem da mesma forma que haviam subido, e, pelo olhar mútuo, não pareciam exprimir horror ante o sórdido, mas profundo e aterrador pasmo, pois que pela primeira vez em suas vidas nada mais compreendiam.

Mas, finalmente uma delas exclamou:

— Se você não me quer, vou me abandonar ao sub-mundo,

...desistir de todos os sonhos e ao mesmo tempo perse-
gui-los a todos, agora sim, ~~xxxxx~~ pasmo permanente,
que seja alimentado pelo horror da sordidez e da
~~traição~~ que fiz à maturidade que alimentávamos.
~~Diga que eu parti.~~"

Ao que a outra?

~~(Ao que se perdeu a perspectiva e a simultaneidade)~~

Pequena Fábula

17/5/74

Uma disse para a outra:

– "Eu muito me orgulho da nossa relação ser tão madura. E o mais fantástico é que é uma relação tão causticamente madura que tem os seus momentos que me fizeram pensar tratar-se de um jogo de frivolidades. Mas vejo agora que é preciso elaborar também causticamente este jogo, como que descansando um pouco da cáustica maturidade que nos une."

Subitamente sentiram-se (<u>ambas</u> sentiram; é este o fato curioso; pode-se dizer que "<u>ambas</u> sentiram <u>simultaneamente</u>". Não por consciência mas porque a situação o comprovou, o que nega a possibilidade de alucinação por parte de uma que permita dizer com uma certa margem ilusória que na verdade tratava-se de alucinação de ambas:) levitar graciosamente e, saindo do solo, descreveram no ar um figura com esta forma: e encontrarem-se no alto para um (também levitante) beijo de boca que lhes deveria parecer sórdido, ainda mais que havia um candelabro italiano a poucos pés de suas cabeças e estavam vestidas rósea e candidamente para o baile, sendo que embaixo passavam cavaleiros, pares risonhos, ruídos de salão. Não tardou que baixassem da mesma foram que haviam subido, e, pelo olhar mútuo, não pareciam exprimir horror ante o sórdido, mas profundo e aterrador pasmo, pois que pela primeira vez em suas vidas nada mais compreendiam.

Mas finalmente uma delas exclamou:

– "Se você não me quer, vou me abandonar ao submundo, desistir de todos os sonhos e ao mesmo tempo persegui-los a todos, agora sim, um pasmo permanente, que seja alimentado pelo horror da sordidez e da traição que fiz à maturidade que alimentávamos. Diga que eu parti."

Ao que a outra?

17/5/1974*

---

* Transcrição de versão manuscrita

19. 11. 72

Pelo menos minha magreza é tema de comentários, motivo, palavras. Eu não conseguia ~~tirar~~ os olhos de uma delas, cujos olhares variavam. Eu não conseguia tirar os olhos dos ~~olhos~~ ~~dos~~ cujos ~~olhos~~ razões estou condenada a apenas adivinhar; por que você segurou minha mão por tanto tempo na escuridão da estrada sem que eu tivesse ao menos uma pergunta? Quantos dias viajamos para dentro de paisagens e fossos vazios e verdadeiros desertos ~~sem~~ sem que a tua mão ~~buscasse~~ deixasse de tocar a minha, e a minha se movimentasse sempre querendo cegamente a tua? Se eu não consigo tirar os olhos de você nem eludir o toque primeiro de ~~mão~~ tua mão nem esquecer minha cabeça sobre o teu colo, como deixar de ter medo e chorar às escondidas nos lagos de gasolina, como ~~me~~ me deixar...? Se você viesse a ler o que eu escrevo e compreendesse e dissesse que compreendia com o ar duro, frio, imóvel para sempre? Se viessem todos um dia a ler e apontassem o lido com mãos esquecidas: olha, olha o enigma banal, enigma porque proibido, banal porque descoberto! Mas eu não esqueço as mãos, nem delas ouso falar, e é por isso que quase imóvel enigmatizo a lembrança em ~~seu~~ texto imóvel. Ela não poderei jamais ser descoberta (tonta de sono). Ela ~~só~~ poderei ser descoberta apenas com uma condição: que você descubra junto comigo, e me elucide, e me ame. Mas a condição fez-se contraditória aos projetos verdadeiros, penso. É por isso que hoje eu estava triste, respondo. A você que não me perguntou diretamente, mas que me pergunta tudo o dia tempo inteiro, só com seu olhar movente. Tenho tristeza, estou contraditória, amo-te e lembro-te com grande tristeza e contradição. Escrevo por não poder dormir tranquilamente. Faço um texto ruim, submerso em sono, pouco alerta. Preciso me esgotar para ir à cama sem lembrança. Escrevo para limpar-me?

Manuscrito publicado em
*Antigos e soltos – Poemas e prosas da pasta
rosa* (IMS, 2008, org. Viviana Bosi).
Acervo Ana Cristina Cesar/IMS

19.11.72

Pelo menos minha magreza é tema de comentários, motivo, palavras. Eu não conseguia tirar os olhos de uma delas, cujos olhares variavam. Eu não conseguia tirar os olhos dos olhos cujas razões estou condenada a apenas adivinhar: por que você segurou minha mão por tanto tempo na escuridão da estrada sem que eu tivesse ao menos uma pergunta? Quantos dias viajamos para dentro de paisagens e fossos vazios e verdadeiros desertos sem que a tua mão deixasse de tocar a minha, e a minha se movimentasse sempre querendo cegamente a tua? Se eu não consigo tirar os olhos de você nem eludir o toque primeiro de tua mão nem esquecer minha cabeça sobre o teu colo, como deixar de ter medo e chorar às escondidas nos lagos de gasolina, como me deixar...? Se você viesse a ler o que eu escrevo e compreendesse e dissesse que compreendia com o ar duro, frio, imóvel para sempre? Se viessem todos um dia a ler e apontassem o lido com mãos esquecidas: olha, olha o enigma banal, enigma porque proibido, banal porque descoberto! Mas eu não esqueço as mãos, nem delas ouso falar, e é por isso que quase imóvel enigmatizo a lembrança em texto imóvel. Não poderei jamais ser descoberta (tonta de sono). Poderei ser descoberta apenas com uma condição: que você descubra junto comigo, e me elucide, e me ame. Mas a condição fez-se contraditória aos projetos verdadeiros, penso. É por isso que hoje eu estava triste, respondo. A você que não me perguntou diretamente, mas que me pergunta tudo o tempo inteiro, só com teu olhar movente. Tenho tristeza, estou contraditória, amo-te e lembro-te com grande tristeza e contradição. Escrevo por não poder dormir tranquilamente. Faço um texto ruim, submerso em sono, pouco alerta. Preciso me esgotar para ir à cama sem lembrança. Escrevo para limpar-me?

Ana Cristina quando de seu intercâmbio
na Richmond County School for Girls,
Londres, *c.* 1970.
Fotógrafo não identificado.
Acervo Ana Cristina Cesar/IMS

Primeiras reflexões sobre a Inglaterra

Místico império abotoado de cima a baixo me perscruta:

chás de fog

mantôs de torres londrinas

charnecas entremeadas por canais da mancha

velhas manchas indissolúveis

novíssimas febres dissolvendo as câmaras

camas de Shakespeare

bicicletas para dois big-bens

portos ventos frios céus

rainhas salvas pelo Deus de domingo

gramas derivando sobre ilhas de Wight

sombras intumescidas de castelos de monóculos

resquícios de guitarras encachimbadas

cachecóis estereótipos num último ataque epilético

I BEG YOUR PARDON!!!

16.6.69*

• Publicados em *Inéditos e dispersos – Poesia/prosa* (Brasiliense, 1985, org. Armando Freitas Filho).

Primeiras notícias da Inglaterra

Espremendo cravos
(imundícies primeiras num rosto semi-infantil)
beberico
os nevoeiros britânicos em mim e por fora
(e o amor se germanizando todo)

16.6.69

Saturday night 16th May 1970 - ~~night~~

~~the~~ dangerous hour. I'm baby sitting. the house is dark and warm
the sofa is cosy and old. I just wanted you to be the baby
yea when are you going to ask me to baby-sit for you ~~too~~
I'll do it for nothing.

Please Eric ~~don't~~ never mind

le silence éternel des espaces infinis

~~I went to the cinema today~~ to see a fabulous Maggie Smith
~~in a matinée~~

the dangerous hour. You've got a unique smile sideways.
I refuse to be explicit I refuse to write properly Your ~~so~~
absence is the punctuation of all conflicts the destruction
of all rites (?), spelling, ~~×××× ×× ××××~~ notes and
~~flowing~~ lights.

~~sleep×××××~~ the dangerous hour. ~~×× ××~~
~~××××~~ lose find lose find lose find lose   love
the baby didn't wake up. Will you wake up if I baby-

Manuscrito no verso de envelope,
Londres, 16 de maio de 1970. Publicado em
*Antigos e soltos – Poemas e prosas da
pasta rosa* (IMS, 2008, org. Viviana Bosi).
Acervo Ana Cristina Cesar/IMS

Saturday night 16th May 1970

The dangerous hour. I'm baby sitting. The house is dark and warm
The sofa is cosy and old. I just wanted you to be the baby
yea when are you going to ask me to baby-sit for you
I'll do it for nothing.
Please Eric never mind
Le silence éternel des espaces infinis
The dangerous hour. You've got a unique smile sideway.
I refuse to be explicit I refuse to write properly your
absence is the punctuation of all conflicts the destruction
of all rites (?), spelling, notes and
lights.
The dangerous hour.
The baby didn't wake up. Will you wake up if I baby-
sit for you?

sit for you?

124 Ana Cristina escreve à mãe, Maria Luiza Cesar, no verso da fotografia que tira com o pai, Waldo Cesar, em Londres, com a Tower Bridge ao fundo, outubro de 1969. Fotógrafo não identificado.
Acervo Ana Cristina Cesar/IMS

Mãe minha, tenho a impressão que joguei fora 8 shillings porque estas fotografias estão muito inferiores aos slides. Mas de qualquer jeito aí estamos nós, o papai e eu, tendo a ponte de Londres pelo fundo, não, a ponte da Torre. E eu por cá ria. E casacão pesa, o vento me despenteia, não tenho mais dinheiro pra selos, e às vezes um mínimo coque parece que vai me desmoronar — não sei de nada. Lavo a louça cantarolando Andança ("uma saudade imensa"), e agora o que fazer com os resíduos e as sublimações diárias.

Um sorriso em frente à ponte, um bater de asas, estamos prestes à. De qualquer forma, o jeito é bater as botas firmes no chão, que não há mais sapatos pra amarras. Eu dava tudo para estar no teu colo agora. E não sei mandar beijos

Ana Cristina, Londres, *c.* 1970.
Fotógrafo não identificado.
Acervo Ana Cristina Cesar/IMS

Por incrível que parece isto é Oxford e lá estou eu de saia vermelha, blusa (tua) de flores, mãe, e o cabelo solto, sorrindo. Esta fotografia é uma obra-prima do papai em slide, mas em papel não dá pé. Parece inacreditável que o tempo tenha estado tão assim de assim. Ah, Pedra Sonora!

    Dispensada das aulas de francês, arrumo um rádio e pego a França ou a BBC em francês; leio; e estou escrevendo de pé no correio, ao som dos carimbos mortais, enquanto o céu branquíssimo chove não chove, me entreolhando sem expressão. O *demeure souterraime*!   Out. 69

Vista do quarto de Ana Cristina,
Londres, outubro de 1969.
Foto de Ana Cristina.
Página ao lado, Ana Cristina no pátio da
Oxford University, Inglaterra, Londres,
outubro de 1969.
Fotógrafo não identificado.
Acervo Ana Cristina Cesar/IMS

Mãe mãe mãe mãe → estou gritando com os olhos. Aí a vista do meu quarto.
O *slide* está magnífico, com o sol se pondo e manchando o edifício, e nítido, e claro.
A fotografia horrível. Igreja, escola, prédios baixinhos de 2 andares, gramado, floresta
anunciando o Tâmisa.

    E o que me assusta são as cores que o céu assume cada dia, com chuva ou sem.
Onde tem uma setinha → dá pra perceber um pedaço mágico de céu; mas isso não
é nada. Você tem que ver isso em pessoa, comigo, aqui. Quando é? Te espero um
dia.   Out. 69

128 Carteira de estudante do Colégio de Aplicação da Faculdade Nacional de Filosofia (atual CAP, vinculado à UFRJ).
Ana Cristina Cesar, Rio de Janeiro, c. 1970
Fotógrafo não identificado.
Na página ao lado, datiloscrito de "Mancha", setembro de 1968. O poema foi publicado em *Inéditos e dispersos – Poesia/prosa* (Brasiliense, 1985, org. Armando Freitas Filho).
Acervo Ana Cristina Cesar/IMS

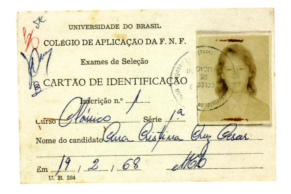

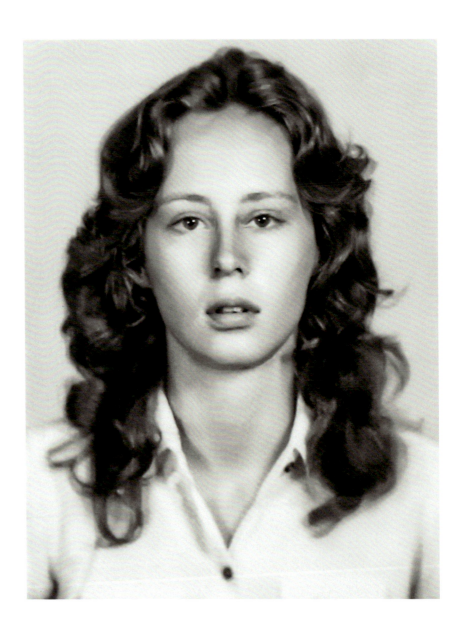

MANCHA

Tenho 16 anos
Sou viúva
De família azul
De cabelos esvoaçantes
(E nada rebeldes)
Sou genial sob todos os pontos de vista,
Inclusive de perfil
A poesia é uma mentira, mora.
Pelo menos me tira da verdade relativa
E ativa a circulação consanguínea
A Pedra Filogofal é um tanto ou quanto bêsta
Plutarcoplatãoplauto
Plutãoturcotãopauto
Platocotãopuloplau

Desisto: tenho 16 anos.
E perdi-me agora rabiscando-te.

setembro 68

Ana Cristina em Pedra Sonora,
Resende (RJ), 1967.
Foto de Waldo Cesar.
Acervo Ana Cristina Cesar/IMS

Já escrevi muito sobre Ana Cristina nestes 33 anos que não param de nos separar, mais e mais. Por outro lado, a recordação se acentua, frequente e intensa. Bem sei que meus escritos não foram bastante, nem nunca serão.

Quando o IMS, detentor do arquivo de Ana C., ofereceu um punhado de fotos, foi difícil escolher uma, pois fiquei em dúvida entre a foto clássica de Cecília Leal, a dos eternos óculos escuros em *close-up*, e esta, muito pouco conhecida, feita por quem? Talvez por seu pai, Waldo Cesar.

Ao vê-la assim, entre o chão e o céu, como estivesse se preparando para levantar voo, a fotografia de corpo inteiro acabou me cativando completamente. O flagrante foi feito na serrinha do Alambari, no estado do Rio, região onde a família da Ana tem sítio.

Calculo que ela acordou há pouco e, antes de tomar café ou chá, foi se alongar ao ar livre, como era o hábito de quem sempre fez ioga e ginástica; sinto o frio na medida certa de uma manhã de primavera e ouço a respiração dela, ajudando o sol a se abrir. A roupa de meia-estação, a camisa listrada de mangas compridas indicam a temperatura que a envolve; se fosse um filme, a névoa ao redor iria se esgarçando, lenta, fotograma por fotograma.

O Keds branquíssimo pousado na terra negra acrescenta uma leveza à imagem que me faz voltar ao que vi de pronto: a metafórica possibilidade de um voo ou de uma entrega plena, de corpo aberto, para a natureza nascendo.

O que me veio rápido, sem muito ajuste, fugiu da descrição pura de um instantâneo e incorporou uma lembrança da minha Ana, um pouco do seu jeito de ser e de estar. No fundo, são saudades incuráveis e refletidas: ela na beira do céu e eu na beira da foto. Sabemos agora, infelizmente, que não existe "o céu que nos ensinaram".

Armando Freitas Filho

132 Boletim do Colégio Estadual Amaro Cavalcanti, no qual Ana Cristina cursou o ginasial.
Autorretrato, 9 de agosto de 1966.
Acervo Ana Cristina Cesar/IMS

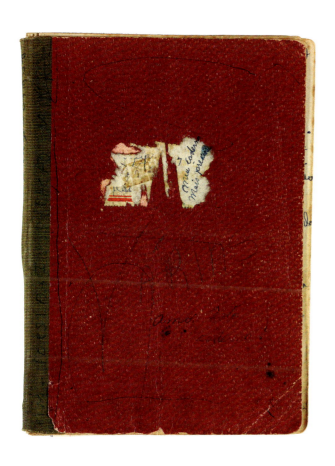

Dois poemas de "PIM - Poesia e inspiração minha". Na capa, é possível ler a anotação "meu caderno mais precioso". Os poemas datam de novembro de 1962 a agosto de 1964.
Acervo Ana Cristina Cesar/IMS

Noite escura

Noite escura,
Noite sonora e fria
Noite, cuida de mim
Quero dormir em paz!

Noite escura,
Noite sonora e fria.
Me proteje, me socorre,
Quero dormir ~~quieto~~ em paz!

Noite escura,
Noite sonora e fria.
Não me mates! Não me mates!
Quero dormir ~~bem pelo~~ em paz!

Passeando por um caminho

Passeando por um caminho
Me cansei de andar.
Sentei-me em uma pedra,
E comecei a pensar.

Nisto uma bela "niña"
Chega-se para mim.
E ~~~~ eu disse encantado:
— "Mamore-se de mim!"

Ela me adorou,
E dela me enamorei
Se perguntam paque sou feliz
Digo que já me casei!

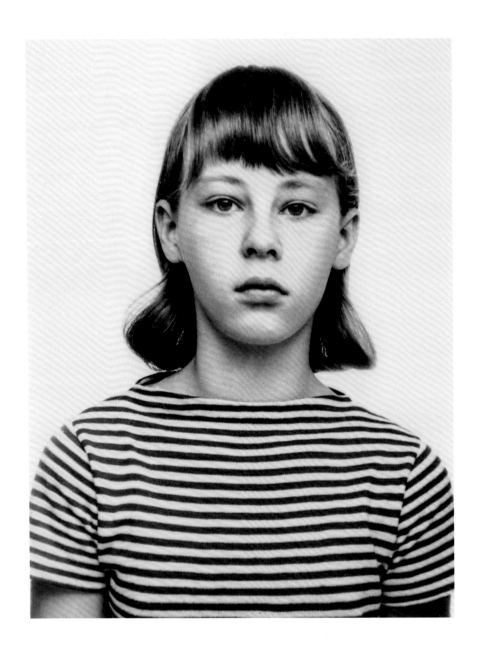

Na cabine fotográfica, sentada num banco de madeira — alto demais para o seu tamanho —, a Ana das listras encara a máquina. Encara o espectador através das décadas. Um *still*.

As mãos invisíveis cruzadas sobre as pernas denunciam o desconforto da situação. Mas Ana resiste, implacável. Sustenta o olhar quase felino, ombros um pouco caídos, maxilar firme.

Suposta rigidez aguardando o clique enquanto pensa nas folhas brancas — mudo convite — de um dos seus cadernos de poesia.

Elizama Almeida

Ana Cristina Cesar em foto 5x7, 1964.
pp. 135-137, primeiro dos três números
de O mundo, jornal criado por
Ana Cristina, 25 de setembro de 1961.
Acervo Ana Cristina Cesar/IMS

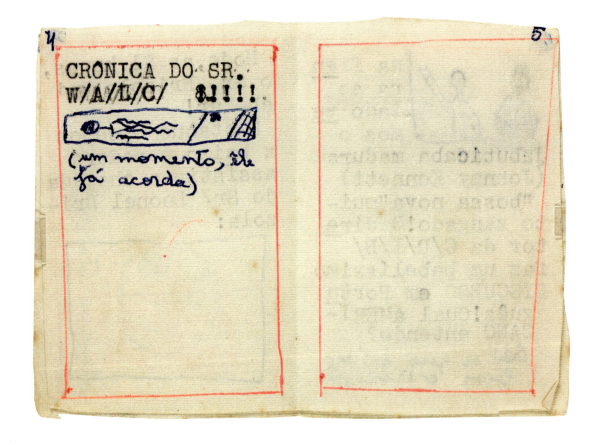

6

na figura ao lado vemos o **Jabuticaba madura** (Johnny Kennett) "bossa nova" muito zangado! O diretor da C/D/I/B/ faz um bebelíssimo DISCURSO em Português! Qual AMERICANO entende? Só os que já sabem o Português

7

HOMENAGEM

AOS

TIGRES

8

ESPETÁCULOS DA SEMANA
Amor de Sassarita
10 anos. Metro-Copacabana.
"Meu bem" Livre-
-Metro-Trinta.
"Grandes Solos"
18 anos-Metro-Greôlândia
"Amor sem fim"
Metro-Peçanhista
18 anos

Conto escrito e ilustrado por Ana Cristina, 1962. Publicado em *Inéditos e dispersos – Poesia/prosa* (Brasiliense, 1985, org. Armando Freitas Filho).
Acervo Ana Cristina Cesar/IMS

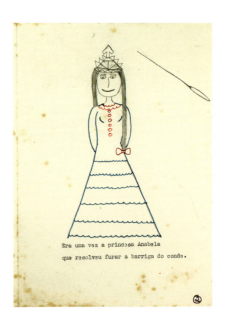

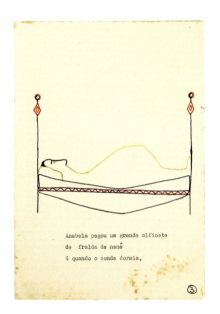

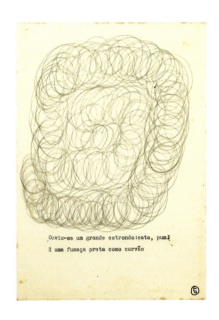
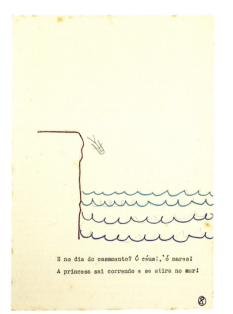
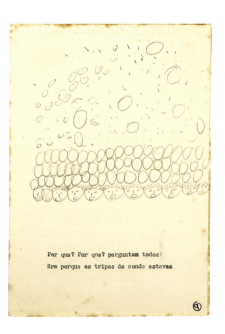
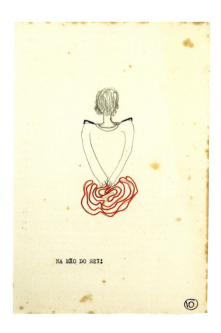

140 *Memórias de uma criança* – espécie de biografia escrita por Ana Cristina aos 12 anos. Em formato de livro, foi "publicado" pela editora Problemas Universais, criada pela própria autora. Acervo Ana Cristina Cesar/IMS

Memórias de uma criança

Ana Cristina Cesar

Editora Problemas Universais

*

A doze anos com o nome de Ana Cristina

e fazendo aniversário no dia dois de junho.

I

Nasci. Nasci numa segunda-feira, no dia 2 de junho de 1952. Às 10h e 25min. Minha

mãe era Maria Luiza Cesar, e meu pai, Waldo Aranha Lenz Cesar.

Foi na maternidade Carmela Dutra. Eu era rosada, careca e de olhos azuis.

Minha vovó Maria Luiza, mãe da mamãe, me criou. Porém eu morava em Niterói,

na rua Mariz e Barros, 95, 402.

Andei com 10 meses e meio. Em dezembro, no mesmo ano em que nasci, fui para

Campos do Jordão. Porém passei bem.

Mas... no dia 23 de dezembro (aniversário da mamãe), de 1953, caí da cadeira e

quebrei [...]

Querida Cristina

Obrigada pelas poesias. São lindas. Fiquei muito contente por ter se lembrado de mim e muito honrada em ser escolhida para le-las. Quero pedir-lhe licença para publica-las. Caso voce dê permissão, pode transmiti-la a D. Maria? Essa nossa boa e querida amiga   fará mais esse favor, não e´assim?

Continue escrevendo sempre e não se esqueça da sua amiga e admiradora

Ivan Benedetti

Rio, outubro 1959

Caso permita a publicação peço-lhe um retratinho e notas biograficas

Ivan

Carta de Lúcia Benedetti, autora de peças e livros infantis, na qual convida Ana Cristina para publicar. Três poemas seus ilustrariam a matéria "Poetisas de vestidos curtos" em 14 de novembro de 1959 na Tribuna da Imprensa. Ana Cristina registra parte do evento no caderno Memórias de uma criança. Ana Cristina, Rio de Janeiro, 1962. Fotógrafo não identificado. Acervo Ana Cristina Cesar/IMS

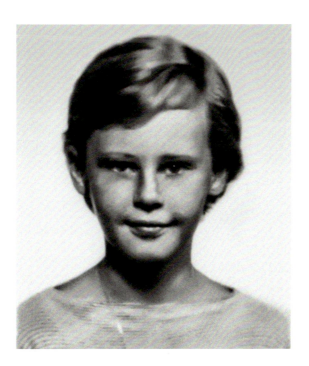

Querida Cristina

Obrigada pelas poesias. São lindas. Fiquei muito contente por ter se lembrado de mim e muito honrada em ser escolhida para lê-las. Quero pedir-lhe licença para publicá-las. Caso você dê permissão, pode transmiti-la a D. Maria? Essa nossa boa e querida amiga fará mais esse favor, não é assim?

    Continue escrevendo sempre e não se esqueça da sua amiga e admiradora

    Lucia Benedetti
    Rio, outubro 1959

Caso permita a publicação peço-lhe um retratinho e notas biográficas
Lucia

Tribuna da Imprensa. 14/15 Nov. 59

Clube de Poesia revela poetas

— Eu quero ser o rio.
— Eu sou o passarinho que acompanha o rio e depois vem contar para as árvores o que se passou.
— Eu sou a pedra que fica na beira do rio e conversa com êle.

E assim tôdas as crianças vão-se transformando em outros sêres, improvisando teatro, vivendo a própria poesia. Algumas contam histórias que jamais contariam em uma sala de aula, outras escrevem verdadeiros poemas e mostram para a professôra, indagando se aquilo é poesia.

Essas coisas acontecem tôdas as semanas no "Clube de Poesia" da professôra Nisia Nóbrega, no Instituto de Educação. Ali as crianças são poetas, atôres, pintores. Todos dizem o que querem sem qualquer correção ou objeção da professôra.

Na opinião da professôra Nisia Nóbrega, as sessões de teatro, de pintura e de improvisação dão oportunidade a que as crianças aumentem seus vocabulários e desenvolvam sua linguagem.

Os clubes de poesia estão espalhando-se pelas escolas públicas do Rio, e o resultado é surpreendente: vários trabalhos estão em exposição no Instituto, entre poemas, noticiário jornalístico, retratos escritos dos colegas.

MOTIVOS

— A criação dêsses clubes, disse-nos a professôra Nisia Nóbrega, é uma experiência de libertação da expressão falada e escrita da criança, na escola primária.

— Tôdas as crianças são poetas, pois vivem num mundo de fabulações cujas fronteiras são flutuantes entre a realidade e a fantasia. Deixemos, pois, que as crianças pensem em voz alta, sem mêdo de censura. Tenhamos respeito pela idéia infantil ao corrigirmos seus trabalhos de classe e deixemos sem corrigir suas poesias.

— Quando a criança sente essa liberdade, aprende a usar a palavra. Muitas vêzes elas conhecem uma série de palavras e não as empregam porque não acham importante usá-las.

O clube de poesia visa também propor às crianças novos exercícios, estimulando vontade de possuir e usar um vocabulário

Dos trabalhos expostos publicamos alguns colhidos entre centenas dêles. São poemas, tos durante uma das sessões do clube.

A ÁRVORE
Cláudia Werneck (10 anos)

Sonhei uma noite
que era uma árvore encantada
no meu sonho subi para o céu
enquanto subia minhas flôres perfumavam espaço.

Fui convidado para uma festa na Via Láctea
conheci muitos planetas. Saturno, Urano, nus etc.
Saturno conversava comigo muito entusiasmado
acabou me oferecendo o seu anel.

Êle vinha todos os dias me apanhar para conhecer o universo.
Montávamos num cometa de sua criação
e íamos a piqueniques, almoços, jantares, lanches, passeios, visitas e parques
de diversões, a lugares diversos...
O que mais me divertia era o espanto
dos astrônomos com a cara nos telescópios
procurando o anel que Saturno me havia dado.
Lá pelas tantas me enjoei daquilo tudo
Resolvi voltar para a Terra.
Foi aí que acordei com o maior tombo da que levei!

MAR
Alice Conde (10 anos)

MAR, caminho de
Navegantes.
Por ti chegou-se
A terras distantes.
Mar, ó Rei da onda
Por ti provou-se que
A terra é redonda
Mar, por Deus limitado.
Tu te revoltas quando
és aterrado.

A ÁRVORE
Laura Nóbrega (10 anos)

A árvore nasce nas nuvens para o
céu enfeitar. Seus frutos são as estrêlas
e seu caule é o mar.

As fôlhas são anjos que voam,
voam como o vento a soprar!

No inverno os anjinhos vão para as nuvens abrigar
No verão o mar avança e
no outono as estrêlas caem.

Mas na primavera a árvore
fica completa, pois os anjinhos voltam,
as estrêlas se põem e o mar
volta para seu lugar!

POESIA

Laura Nóbrega tem 10 anos e uma grande sensibilidade

1959

ETISAS DE VESTIDOS CURTOS

Ana Cristina Cruz César é uma menina de 7 anos e 4 meses. Estuda no Colégio Bennett, onde freqüenta o primeiro ano primário. Não sabe escrever. Ditou suas poesias e enviou-as à escritora Lúcia Benedetti.

menina faz poesia

Lúcia Benedetti

ez que uma criança faz versos há ento de assombro entre os adultos. aundial com a Mincu Drouet. Cc- ional com a nossa pequenina Du- , ao ler os poemas de Anna Cris- ensando se não haverá um equívo- ssombro. A mim, parece-me muito al que as crianças façam poesia adultos. O adulto, sim, deveria cau- oro. Já tem calos na alma, já viu bora lúcido, quanto à realidade da ora machucado pelas decepções, se escape em vôo poé ico uma irre- oz interior. E essa voz transmite nponderável, algo que só os poe- e cai sôbre nós como uma clari- não se espera.

crianças, em si são a própria poe- do, falando, abrindo os olhos, rin- indo, existindo tão-sòmente, as razem essa misteriosa emanação tas põem nas suas palavras.

poucas crianças conseguiram ate ransmitir aquilo que elas realmen- iso que o esfôrço humano para dar à criança uma forma de expressão, oferecendo-lhe, da parte dos adultos companheirismo, compreensão (que veio substituir o rígido sistema da obediência cega) é responsável em parte por essas revelações extraordinárias. Estamos assim começando a colhêr os resultados de uma revisão no sistema educacional. Ao entregar ao público os versos de Ana Cristina, sinto a mesma natural reação de alguém que vê nascer uma flor num canteiro cultivado. Ana Cristina começou a fazer poemas antes de saber ler e escrever. O mecanismo da escrita ainda não está, para ela, suficientemente adestrado para correr em socorro de sua inspiração poética. Ana Cristina dita seus poemas, assim como a nossa Maria Eduarda Duvivier ditava os seus. São ambas magníficas. Porém, se divergem entre si, na forma, guardam a mesma relação quanto ao conteúdo. São os seus poemas, dotados daquela mesma comovedora pureza vinda de almas tão tenras que irradiam ainda as cintilações misteriosas do sôpro de Deus.

Sê bem-vinda entre os poetas, Ana Cristina!

DE DE ONDAS

de
sses ondas
a
ras dobravam
o

Era porque o vento Norte
estava chegando!

tarde caiu.
o mesmo
ol se escondeu,
orte
m mais fôrça!

Um barco a vela
estava passando no mar,
viu as ondas
por cima dêle
por todo lado
que era lado!

s do barco
ficaram!
um para o outro
:

— Precisamos na bússola ver
ver onde que estamos,
porque podemos estar
no Oceano Atlântico!

s para o outro:
verdade!
homens
na bússola
estavam.

Uma bússola dêste tamanho!
Então êles viram
estavam na África!

do assustados
n pelo mar!
os morreram
Norte

sopro!

E as palmeiras
continuaram
a entortar
até o chão...

zinho
ndo
zinho!

E a areia branca
ficou se espalhando
para um lado e para
o outro,
bem devagar!
Bem devagar!

a noite
pouco
orte
orrar!

ditado em 8-4-1959

SÓ AQUÊLE CORAÇÃO

Só o coração que ouve,
Só o coração que escuta,
Só o coração que ama,
Só aquêle coração
que ama, que ama
a poesia,
que ama aquela
aquela poesia!

Só o coração que escuta,
Só o coração que aperta,
Só o coração que ouve,
Só o coração que repete,
Só o coração que canta,
Só o coração que ama...
só aquêle coração
que ama, que ama
a poesia,
que ama aquela
aquela poesia!

Só o coração que fala,
Só o coração que ama,
Só aquêle coração
Só aquêle
Só aquêle coração
que tem fervor,
que ama direito
que ama a poesia!
Só aquêle coração
que ama, que ama
a poesia,
que ama aquela
aquela poesia!

Agora, o coração de todos:
o coração falou
o coração falou
com fervor,
com muito fervor!
só aquêle,
principalmente aquêle
coração
só aquêle coração
que ama, que ama,
a poesia,
que ama aquela
aquela poesia!

ditada em 12-9-1959

A CAMÉLIA

Barbudo vem vindo,
o anão que mora no silêncio.

A camélia balança
as fôlhas que deixa a seu lado.

Barbudo dá um passo para a frente
Os anõezinhos todos chegam para perto dele.

O sino toca!
Imediatamente os anões correm atrás de Barbudo.

A camélia pergunta
ao que anda mais devagar:

— Onde é que vocês vão?
— Não posso parar! responde êle de longe.

A camélia solta uma lágrima,
a lágrima voa
até
onde o anão Barbudo está.

O Barbudo olha para trás
Quando vê, nenhum anão encontra,
nem ao seu lado, nem atrás, nem na frente!

A lágrima da camélia era mágica:
os anões todos estão no palácio da G... "Raízes do Brasil".

E a camélia conversa palavras com...

ditada em 16-3-1959

PRECOCIDADE

Ana Cristina tenta escrever algo. Seu irmãozinho olha curioso, sem compreender.

146 pp. 146-149, *Bem-Te-Vi*, revista mensal da igreja Metodista, com cinco poemas de Ana Cristina em junho de 1961. Acervo Ana Cristina Cesar/IMS

O Flávio espia por cima do ombro da Ana Cristina (a menina da capa), enquanto ela escreve —

Poesias para você

VOCÊ GOSTA DE POESIAS? Tem muitos que pensam que só gente grande pode fazer poesia. Mas não é verdade, não é mesmo? Claro que não! Todos podem fazer poesias!

Garanto que você já tem uma porção de versos escritos — e bem bonitos. Eu me chamo Ana Cristina Cesar e moro no Rio de Janeiro. Fiz meus primeiros versos quando tinha quatro anos.

Um dia eu falei para a mamãe:

— Sabe que as crianças têm um segrêdo que a gente grande não entende?

A mamãe respondeu:

— Então escreva êsse segrêdo, senão você cresce e esquece...

Eu fiz que escrevi, mas como eu não tinha ainda aprendido tôdas as letras do alfabeto, ninguém podia ler os meus versos.

Então a mamãe disse:

— Você não gostaria de falar em voz alta o que você está pensando e deixar que a mamãe escreva isto na máquina do papai?

Foi o que fizemos.

Quando eu dizia um pedacinho do verso a mamãe ia téc-téc-téc na máquina e escrevia o que eu ditava.

HOJE EU NÃO PRECISO FAZER mais assim. Estou com 9 anos, estudo no 3.º ano do Colégio Bennett, e já posso escrever sòzinha as minhas poesias.

Quando o "Bem-Te-Vista Chefe" pediu que eu escrevesse umas poesias para você eu resolvi escolher algumas do meu álbum. Mas elas vão aqui com uma condição: — É de você mandar algumas de suas poesias para o "Bem-Te-Vi" publicar também. Assim nós repartimos, não é mesmo?

Esta poesia eu escrevi num domingo, depois da aula da Escola Dominical:

O REINO DOS CÉUS

Neste mundo está aberta
Uma porta de inspiração
Dentro desta porta está um reino
Que governa o meu coração!

Êste reino é tão lindo!
Mais lindo do que uma luz
De uma estrela pequena,
Que fica no céu de Jesus!

☆ ☆

Como é gostoso um passeio com o papai, a mamãe e o Flávio! Foi quando pensei em escrever:

NO CAMPO

No campo sòzinha
Havia uma flor
Uma flor delicada
No campo havia.

Naquele silêncio
Juntinho da flor,
Eu estava sòzinha
Com muito ardor.

Andei, passeei
Por aquêles terrenos
Onde lembro a saudade
Onde lembro o amor.

A noite chegou
Abracei-me co'a flor
Não estou mais sòzinha,
A tristeza findou.

☆ ☆

Será que há coisa mais linda do mundo do que um nenê? Eu acho que não!

A RECEITA DO NENÊ

— Presta atenção, nenêzinho,
No que eu tenho pra dizer:

2 caixas de "Maizena",
É o que eu tenho de comprar.
E duas colheres de aveia,
É o que eu tenho de tomar.

Peço à mamãe: "Com licença"!
Com muita delicadeza.
"Quer por favor, aprontar
Mamadeira, pra eu tomar?"

Depois de tomar tudinho,
Penso logo assim:
"Eu vou ficar homenzinho"!
"Porque com o papai quero brigar"!

☆ ☆

Eu moro num apartamento com janelas grandes. Num dia de chuva eu escrevi:

A CHUVA

A chuva cai,
tão bonitinho,
Que brilha nos céus
E a nuvem — ai!

A chuva cai,
nos telhadinhos
Brilha, reflete,
os seus pinguinhos.

A chuva cai,
alegremente,
e os meninos
tão sorridentes!

A chuva cai,
tão de mansinho,
E faz nascer,
Os bons brotinhos.

A chuva cai,
E eu me molho,
E as florzinhas
fecham os olhos...

☆ ☆

Agora, para terminar, vou lhes mostrar uma poesia que é uma espécie de segrêdo. Eu não conto bem o que aconteceu neste dia da minha vida, mas espero que você possa perceber pelo que eu escrevo, que foi alguma coisa muito boa e gostosa...

DIA DIVINO

Hoje,
é o mais belo dia
da minha vida
e do eterno sol.

Hoje !
mais bela flor
da minha vida
raiou,
em companhia
da aurora,
da doce aurora!

Ela,
a flor,
nasceu durante
a noite do dia,
do dia divino,
o dia mais feliz da minha vida!

Hoje, dia feliz,
feliz!
Quando acordei de manhã
minha inspiração
foi direto
para perto da flor.

Flor, flor
como tu nasceste,
como tu és bela,
como tu pareces
como uma bela coroa
de rei.
Ó bela flor,
Oh!

AGORA QUE VOCÊ leu as poesias que eu escrevi, ficarei aguardando as suas. O "Bem-Te-Vista" Chefe disse que terá prazer em publicá-las na secção "Caixa de Surprêsas". Mas pediu que lembrasse a você que a poesia deve ser mesmo sua — *só sua*. Não precisa dar para o papai ou a mamãe "corrigir". Às vêzes, quando isto acontece, êles modificam tanta coisa, que ela deixa de ser aquela poesia que nós quisemos escrever, não é mesmo?

Eu ficarei aguardando curiosa a sua colaboração. Até lá com um abraço meu,

ANA CRISTINA

Junho - 1961

☆ 5

Desenho assinado por Anatina,
pseudônimo usado por Ana Cristina
em outros desenhos e textos desse período,
23 junho de 1961.
Acervo Ana Cristina Cesar/IMS

Ana Cristina, local não identificado, 1958
Foto de Waldo Cesar.
Acervo Ana Cristina Cesar/IMS

Ana Cristina Cesar teve um de seus primeiros poemas publicado em um boletim escolar. Era agosto de 1958. A pequena autora contava seis anos — idade que tinha nesta foto — e ainda não sabia escrever. "Uma poesia de criança" foi ditada aos pais pela menininha de feições angelicais e trazia versos bem cortados, cujo tom surpreendia para alguém tão jovem: "Na noite escura/ caindo o orvalho sobre/ a grande montanha/ que se avistava/ no alto da estranha pedra...". Nota-se na imaginação da pequena poeta uma austeridade incomum, que também pode ser percebida neste retrato.

Com o queixo levemente levantado, a boca fechada sem mostrar os dentes num sorriso, o olhar tristonho e os pés calçados em meias e sapatilhas brancas, ainda longe de tocarem o chão, Ana segura com o braço esquerdo uma boneca e um barco de brinquedo. Com o outro, sustenta um livro cuidadosamente. Parece que temos duas faces apontadas: a infância e o desejo implacável de entrar no universo da literatura. O lado da sombra, o esquerdo, é o dos brinquedos. Incide mais luz no lado em que repousa o livro cuja capa não apresenta nenhuma ilustração, ao contrário da maior parte das publicações infantis. É um livro de capa dura. Infelizmente não se lê o título, mas não seria absurdo supor tratar-se de um livro de poemas.

Há um pequeno detalhe, porém, que devolve a infância à criança tão sisuda: na mesma mão que segura o volume, há uma colherinha, o que indica que ela provavelmente brincava de dar de comer a sua boneca. Ufa! Ainda era uma criança.

A relação de Ana com a literatura, como já se nota nos registros de infância, fora sempre fundamental. Tão importante quanto os brinquedos. Mas fazer literatura não era brincadeira. Era coisa séria. Desde menina.

Laura Liuzzi

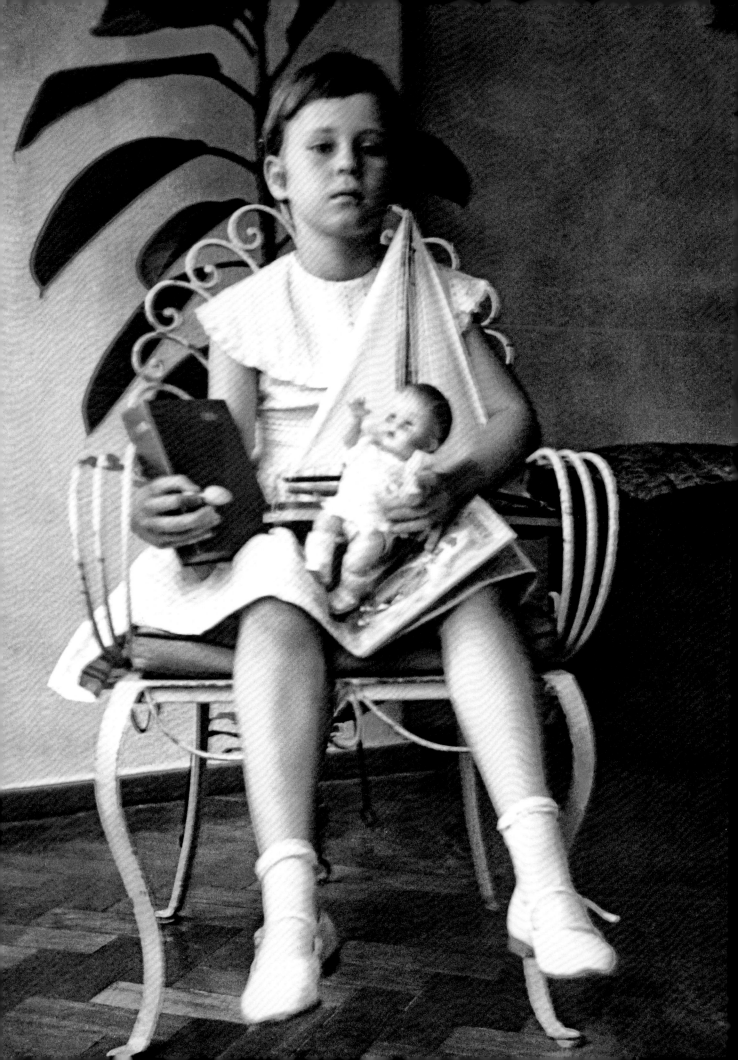

O que tanto nos fascina em fotos de crianças? O que há nestes olhares da infância, flagrados ou não, que capturam os nossos de adulto? Como nos sentimos diante deles? Tontura, desnorteio, dúvida, indagações? Ou a calma segura de que já estava ali tudo indicado, a confirmar o que viemos a ser, a viver?

Escrevo mergulhado numa imagem incomum, em que três (irmãos), embora em atitude de pose, miram um ponto distinto da câmera que os captura. Revelam, nesse movimento, olhares em *dégradé*.

O mais jovem em estado de encanto, o segundo, aquele que hoje sou eu, sorrindo um pouco indeciso, e a terceira, única irmã, inquieta. Presentes na cena aquele que registra e quem atrai os olhares das crianças – ainda que fosse só um, afastado da máquina de fole sobre tripé, acionando dispositivo de disparo à distância (malandragens do avô fotógrafo), não deixa de somar um par. E ainda há mais dois, aqui: quem escreve e quem lê.

Nessa multidão de olhares cruzados, em vez de se tentar perceber, encontrar, desvendar, o que se descobre é estarmos (todos) em relação.

Flavio Cruz Lenz Cesar

Flavio Lenz, Ana Cristina e Luis Felipe,
Rio de Janeiro, 26 fevereiro de 1961.
Fotógrafo não identificado.
Boletim do Colégio Bennett, no qual
Ana Cristina cursou os estudos primário
e secundário, 1959.
pp. 156-157 Primeira e última página do
relatório escolar do Colégio Bennett,
novembro de 1958.
Acervo Ana Cristina Cesar/IMS

COLÉGIO BENNETT

BOLETIM DA ALUNA — 1.º Ano do Curso Primário

Ana Cristina Cruz Cesar

195**9**

	Março	Abril	Maio	Junho	Agôsto	Setemb.	Outub.	Novem.	Média	Exame	Média Final
Português	9	9	9	9	9	9	9	9			9
Aritmética	9	9	10	10	9	10	9	10			9.5
Geografia											9.8
História Conh. Ger.	10	9	10	10	10	10	10	10			9.8
Cien. Nat. e Hig.											
Inglês						10	9	9	10		9.5
Bíblia	10	10	10	10	10	10	10	10			10
Caligrafia	8	8	8	8	8	8	8	8			8
Desenho e T. Manuais	10	10	10	10	10	10	10	10			10
Costura											
Média Geral	9.3	9,1	9.5	9.5	9.4	8.4	9.2	9.5			9.4
Piano											
Ginástica											
Teoria Musical											
Comportamento	D	D	D	D	D	D	B	B			
Nitidez	B	B	B	B	B	B	B	B			
Pontualidade	8	10	10	8	10	10	10	10			
Dias ausente	–	–	–	1	–	–	–	–			
Vezes tarde	1	–	–	1	–	–	–	–			

Explicação das Notas

9–10 Distinção
8–8,9 Boa
7–7,9 Regular
5–6,9 Sofrível
0–4,9 Reprovada

Norma de Barroso Perez
PROFESSORA

DINORAH VITAL BRASIL
DIRETORA

Relatório anual para o curso Intermediário
do Colégio Bennett

Nome da criança — ANA CRISTINA CRUZ CESAR

Data do nascimento — 2 de junho de 1952

Cursou a Escola Maternal? — sim Jardim da Infância ? — sim

Nome das professôras — *Néa Cardoso e Simone Miranda*

Nome da diretora — *Nize Cardoso*

Data em que foi preenchido o relatório — novembro de 1958

Freqüências — 167

    Dias presentes — 165

    Dias ausentes — 2

    Causas das ausências — Resfriado.

I - Desenvolvimento físico —

  A - Vigor físico —

  B - Contrôle motor —

Ana Cristina é uma menina que apresenta um bom desenvolvimento físico. Forte e resistente, participa de tôdas as atividades escolares com disposição renovada. Faz uso de todo o equipamento do quintal com boa desenvoltura, denotando um bom contrôle motor.

✓ C - Pêso — altura — Março- 1,19   Nov.- 1,23
Março- 21,300   Nov.- 22,600

II - Demonstrações intelectuais

  A - Atenção

    1. Concentrada ✓

    2. Dispersiva

    3. Falha

Seu poder de atenção é muito bom, estando capacitada a acompanhar com interêsse sempre renovado a qualquer tema exposto; durante as rodinhas sua atitude é de disposição e aprovação crescente.

  B - Raciocínio

    1. Lento

    2. Presto ✓

    3. Claro ✓

Em tôdas as suas participações, podemos constatar ser dotada de uma boa agilidade mental, a tudo replicando clara e prontamente.

  C - Habilidade linguística

    1. Enunciação

      a. Boa ✓

      b. Má

- Ao expressar-se, apresenta uma característica peculiar, pela maneira explicada e marcante um tanto ciciosa que empresta às suas palavras, em seus relatos freqüentes, fazendo-se, assim, fàcilmente compreendida.

VII - Comentário Geral –

Ana Cristina é a nossa loirinha sorridente.

Criança disciplinada, é sempre em boa atitude que participa de tôdas as oportunidades escolares, manifestando as suas expansões de maneira calma e controlada, porém, alegre e feliz.

Sua apresentação à escola obedece a um interêsse e disposição crescentes, pois todos os programas são por ela procurados com a mesma iniciativa e espontaneidade.

Intelectualmente falando, acompanhou bem as exigências programadas, estando alfabetizada e comunicativa em suas participações.

Com um ano enriquecido em novas experiências e oportunidades, ampliou seus conhecimentos e extendeu seus objetivos, abrindo o caminho para um 1º ano profícuo em novas aquisições.

Emocional e socialmente, constatamos estar bem desenvolvida, pois bem integrada, faz-se alegre e segura; participa não só dos programas comuns, como das dramatizações festivas.

Gosta de fazer quadrinhas comemorativas:

"As estrêlas brilhando,
Na noite de São João,
Criança brincando,
soltando balão!"

Diz frases pitorescas, pensamentos de grande significado , orações inspiradas, dá conselhos, conta histórias bíblicas.

Alegra-se quando sente-se apreciada, refletindo em sua fisionomia, tôda a sua sensibilidade.

Aos senhores Pais de Ana Cristina, queremos mais uma vez afirmar que foi um prazer lidar com sua filha, criança de valores positivos no grupo.

Agradecemos o apôio a nós prestado, desejando-lhes um feliz 1959!

158 Ana Cristina, Rio de Janeiro, dezembro de 1955.
Ana Cristina e seu irmão, Flavio Lenz, 9 de setembro de 1955.
Página ao lado, Ana Cristina, dezembro de 1956.
Fotógrafos não identificados.
Acervo Ana Cristina Cesar/IMS

160 Ana Cristina com os avós maternos, Flávio
Cruz e Maria Luiza, e seu irmão, Flavio Lenz.
Fotógrafo não identificado.
Na página ao lado, Ana Cristina e
a avó materna, Maria Luiza, Niterói,
novembro de 1954.
Foto de Flávio Cruz.
Acervo Ana Cristina Cesar/IMS

Eis uma criança a ensaiar o domínio do lápis e do papel. A cena é (quase) cotidiana: tentativa familiar entre muitas de salvar do naufrágio o momento, de antemão nostálgico, que passará irremediavelmente. Quase: sabemos que não se trata de qualquer criança. Ana Cristina Cruz Cesar, aos dois anos, desenha – escreve.

O nome próprio atravessa a visão: já não mais observamos, imobilizado, o gesto geral, exemplar de um aprendizado ou passatempo infantil. O rosto de perfil, as mãos que conquistam o lápis e o papel são singulares. Parecem apresentar o início de uma biografia atravessada desde sempre pela escrita. Difícil não tecer a partir desta imagem o romance de formação da poeta consagrada. A consciência crítica tenta conter a comoção, contudo, e nos lembra que a fatalidade do prestígio foi questionada por Ana Cristina Cesar, inclusive nas diversas cenas em que se deixou fotografar adulta, todo o tempo buscando uma pose diversa daquela, esperada, em que os escritores teatralizam sua rotina. A lucidez tampouco deixa ignorar que a aura do autor foi posta à prova pela poeta: se era "tão fácil cair nisto", ela preferiu a via tortuosa impressa em seus textos – impasses da sinceridade em vez das facilidades de um eu exposto.

Ana Cristina, Rio de Janeiro, 1954
Foto de Waldo Cesar.
Acervo Ana Cristina Cesar/IMS

No entanto, diante desta fotografia, deste corpo, o discernimento cede à emoção. A força da palavra de Ana C. enfeitiça tudo. Fabulamos. Estamos agora diante dos primeiros exercícios da atividade por que Ana Cristina tanto ansiou que compôs seus primeiros poemas antes mesmo de se alfabetizar, ditando-os a sua mãe. Observamos traços contínuos àqueles desenhos – também eles escrita – que Ana C. faria interagir com sua poesia nos manuscritos difundidos por cadernos. Testemunhamos a postura – quem sabe se preservada? – assumida por Ana Cristina Cesar quando trabalhava seus textos. Ainda mais: vemos nesta imagem o prenúncio do aceno em falso com que Ana C. se relacionaria com seus leitores. Porque o que salta aos olhos aqui é menos a mão destra a empunhar o lápis. Chamam atenção antes a canhota mão tensa que oculta para sempre parte dos traços sobre o papel e o rosto de quem – a julgar pelo gesto de recusa – se sabe fotografada, mas não nos franqueia o olhar. *"What is it? (O que é o que é)"* – temos vontade de perguntar. Não nos chegaria qualquer resposta, entretanto. Ana Cristina – imaginamos – iniciava-se nos percalços da interlocução e na "tarefa de elisão" a que submeteria sua escrita.

Trata-se de uma fantasia, sabemos. Esta criança ainda não se pode identificar plenamente com Ana C. Porém, a mão que nos obstrui e cativa não deixa de acenar com o desafio lançado pela poesia e pelas imagens de Ana Cristina Cesar: "Leiam se forem capazes". Aceitamos o repto, nunca vencido: lemos esta foto, com seu poder de engano, seu encanto, ainda que não sejamos – mas quando seremos? – capazes.

Mariana Quadros

Cartão de participação do nascimento de Ana Cristina Cruz Cesar, em 2 de junho de 1952, Rio de Janeiro.
Maria Luiza Cesar, Waldo Cesar e Ana Cristina, Rio de Janeiro, 12 junho de 1952.
Fotógrafo não identificado.
Acervo Ana Cristina Cesar/IMS

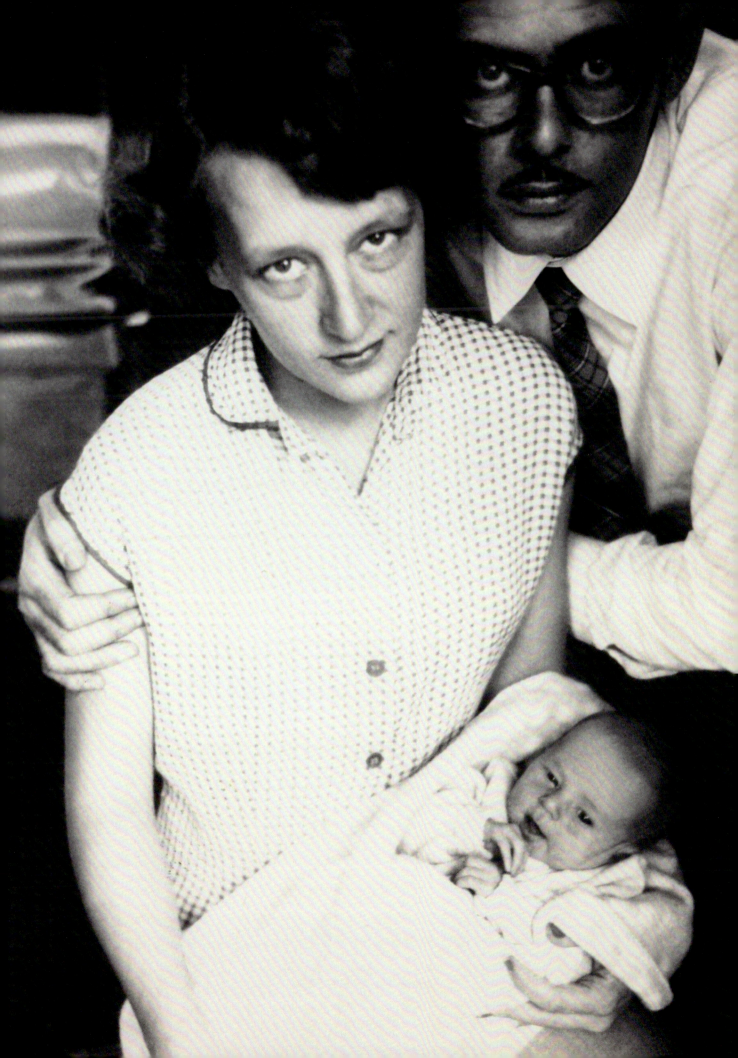

Cronologia

por Elizama Almeida e Manoela Daudt

Waldo Cesar com Ana Cristina, aos dois meses, Niterói, 28 de agosto de 1952.

1952
¬ Nasce Ana Cristina Cruz Cesar, filha de Waldo Aranha Lenz Cesar e Maria Luiza Cruz Cesar, no dia 2 de junho, às 10h25, na Maternidade Carmela Dutra, Méier, no Rio de Janeiro.

Minha mãe (e meu pai também) foram crianças/jovens extremamente brilhantes (minha mãe foi a primeira aluna de neolatinas, ganhou bolsa pra França; meu pai era fodidíssimo, passava fome, mas já aos seis anos ganhava bolsa no primário, tendo aprendido a ler sozinho, na Bíblia, acompanhando as leituras diárias dos cultos da família protestante, pai pastor, do Gênesis ao Apocalipse e de volta). Foram, mas hoje são classe média arrochada, trabalhando demais. (CI, p.19)*

---

* CI – *Correspondência incompleta* (IMS/Aeroplano, 1999, org. Armando Freitas Filho e Heloisa Buarque de Hollanda); LD – *Literatura não é documento* (Funarte, 1979); CT – *Crítica e tradução* (IMS/Ática, 1999).

1954
¬ Ingressa no maternal do Colégio Bennett, no bairro do Flamengo, onde concluiria os estudos primário e secundário, em 1963.

1955
¬ Nasce seu irmão Flavio Cruz Lenz Cesar.

1959
¬ Em novembro, Lúcia Benedetti, teatróloga e autora de livros infantis, publica o artigo "Poetisas de vestidos curtos", no Suplemento Literário do jornal carioca *Tribuna da Imprensa*. Lúcia apresenta três poemas de Ana Cristina: "Tarde de ondas", "Só aquele coração" e "A camélia".

Ao entregar ao público os versos de Ana Cristina, sinto a mesma natural alegria de alguém que vê nascer uma flor num canteiro cultivado. Ana Cristina começou a fazer poemas antes de saber ler e escrever. O mecanismo da escrita ainda não está para ela suficientemente adestrado para correr em socorro de sua inspiração poética. (Tribuna da Imprensa, 14.11.1959)

1960
¬ Nasce seu irmão Luis Felipe Cruz Lenz Cesar.

1961
¬ Funda e dirige o *Jornal da Juventude Infantil*, "jornal escolar e familiar" que circula no primário do Colégio Bennett. O periódico teria 22 números e duraria até 1963.
¬ Em junho, é tema de reportagem da *Bem-Te-Vi*, revista mensal da igreja Metodista. Cinco poemas seus são incluídos naquela edição. No mês seguinte, o terceiro número do periódico do grêmio cultural do Colégio Bennett, *Vetor*, publica "O riacho".

Ana Cristina nos procurou. Muito séria, tomando nota em um bloco, "a diretora da Revista Juventude Infantil *[sic] entrevistou a diretora do jornal* Vetor". *Quis saber da organização do jornal se acreditávamos em horóscopos. Falou-nos da* Juventude Infantil *e deixou-nos fãs da simpática revista que circula no primário do colégio. Ao sair, cobramos-lhe a entrevista; o preço: uma de suas poesias. Esperamos que Ana Cristina seja uma constante colaboradora do* Vetor.

1964
¬ Ingressa no 1º ano do ginasial no Colégio Estadual Amaro Cavalcanti, no largo do Machado.
¬ Viaja com os pais e os irmãos, de carro, para Montevidéu.

1966
¬ Em outubro, lança o primeiro número de *Comunidade*, jornal mimeografado da

Retrato da família: Ana Cristina, Flavio Lenz, Maria Luiza e Waldo Cesar, c. 1960.

igreja Presbiteriana de Ipanema, da qual participa. Com publicação mensal, o periódico teve sete edições.

1967
¬ Completa o curso ginasial no Colégio Estadual Amaro Cavalcanti. Por ocasião da formatura, é escolhida como oradora.

1968
¬ Ingressa no curso clássico do Colégio de Aplicação da Faculdade Nacional de Filosofia (atual CAP, vinculado à UFRJ).

1969
¬ Com bolsa do programa International Christian Youth Exchange, Ana Cristina viaja em setembro e passa um ano estudando na Richmond County School for Girls, em Londres. Visita várias cidades e regiões durante esse período, como País de Gales, Belfast, Dublin, Roma, Florença, Milão, Nice, Cannes, Paris, Nova York e Boston.

1970
¬ Retorna ao Brasil e conclui o curso clássico do Colégio de Aplicação da Faculdade Nacional de Filosofia.
¬ Em março, dá as primeiras aulas no Instituto de Cultura Anglo-Brasileira como professora estagiária de inglês — Curso Oxford, no Catete, onde permanecerá até 1974.

1971
¬ Ingressa no curso de letras (licenciatura em língua portuguesa e literatura) na Pontifícia Universidade Católica do Rio de Janeiro. Entre seus professores, estavam Luiz Costa Lima, Silviano Santiago, Affonso Romano de Sant'Anna, Cleonice Berardinelli, Antônio Carlos de Brito (Cacaso), Clara Alvim, Maria Cecilia Londres e Heidrun Krieger Olinto.

Ana Cristina na época do intercâmbio na Richmond County School for Girls, Londres, c. 1970.

¬ Atua como professora voluntária de português no Curso Artigo 99, voltado à educação de adultos, da paróquia do Catumbi.

1972
¬ Viaja ao Maranhão para auxiliar o grupo de pesquisa socioeconômica e religiosa do Centro de Estudos, Pesquisa e Planejamento (Cenpla), organização não governamental fundada por seu pai, Waldo Cesar, sociólogo e jornalista. Volta ao Nordeste no verão do ano seguinte para entrevistar pequenos proprietários rurais sobre a implantação de agrotóxicos. Passa pelas cidades de Feira de Santana, Juazeiro, Petrolina, Teresina, São Luís, Fortaleza, Recife, Olinda e Salvador.
¬ De férias com os pais e os irmãos, viaja para Assunção, visitando várias cidades pelo caminho.

1973
¬ Dá aulas de português no Curso Guimarães Rosa.

1974
¬ Durante este ano, é monitora de Teoria da Literatura I, disciplina ministrada no curso de letras da PUC pela professora Maria Cecilia Londres.
¬ É premiada com o segundo lugar no concurso de ensaios promovido pelo Instituto de Estudos Portugueses Padre Augusto Magne (atual Cátedra Padre António Vieira, filiada ao Instituto Camões), na PUC.

¬ Em fevereiro, viaja a Brasília.
¬ Em março, dá aulas de inglês na Sociedade Brasileira de Cultura Inglesa, no Centro do Rio, onde permanecerá até julho de 1979.

1975
¬ Após a conclusão do curso de graduação, passa a integrar o conselho editorial da Editora Labor do Brasil e a atuar como redatora de verbetes sobre estados brasileiros para a enciclopédia da Editora Bloch. Também colabora na seção cultural do semanário *Opinião*. Até 1977, publicará ali alguns dos seus mais famosos artigos, como "Os professores contra a parede" (12.12.1975), "Nove bocas da nova musa" (25.06.1976), "De suspensório e dentadura" (21.01.1977) e "O poeta fora da República" (25.03.1977).
¬ Publica os poemas "Olho muito tempo o corpo de uma poesia" e "Vigília II" junto ao artigo "Consciência marginal", de Eudoro Augusto e Bernardo Vilhena, na primeira edição do periódico *Malasartes*, ao lado dos poetas Charles Peixoto, Afonso Henriques Neto, Francisco Alvim, Roberto Schwarz e Ângela Melim.
¬ Traduz *Industrial Sociology* [*Sociologia industrial*], de Eugène Schneider, publicado pela editora Zahar, e três ensaios sobre semiótica de *Du sens*, de A.J. Greimas, pela Vozes.

1976
¬ Em abril, leciona língua portuguesa e literatura brasileira para turmas

de ensino médio e pré-vestibular no Instituto Souza Leão e no Colégio Estadual Amaro Cavalcanti, onde estudou durante a adolescência. Permanece em ambos até 1979.

Consegui meu primeiro emprego como professora de português no Souza Leão — estou dividindo com a Patrícia [Birman] e perco o sono imaginando aulas mirabolantes (é para o 2º grau, turmas inquietas, loucas); saí de quatro depois da primeira manhã. É só uma vez por semana, mas me animou muito [...]. Agora falta pintar outra coisa, quem sabe uma faculdade no fim do mundo pra eu bater com a cabeça logo. Enquanto isso biscateio doidamente: resenhas pro Opinião, traduções, enciclopédias, datilografias. (CI, p. 268)

Dei aulas legais, hoje foi o dia massacrante de Souza Leão, mas não me senti massacrada, dar aula é como fazer ginástica ou trepar (depois que a gente toma prática não doem mais as pernas). (CI, p. 104)

Estou despedaçada profissionalmente (sem metáforas que aí fica forte demais), trabalhando em 500 coisas diferentes. Comecei no Estado, mal dei aula e mal vou dar, já saquei que o Estado é embromação. Gostei dos alunos, pessoal que estuda à noite e trabalha de dia, gente mais velha e mais amiga. (CI, p. 114)

¬ Colabora como resenhista no Suplemento do Livro do *Jornal do Brasil* e dá aulas particulares de inglês.

Agora o melhor: vou colaborar no JB, Suplemento (novo) do Livro. Já estou na equipe (via Cacaso), começo amanhã a ler um Tennessee Williams (eles é que mandam o livro) — pagam 500.00 cada resenha de 60 linhas! Porra, enfim uma aliviada nos meus cornos. Parece fácil, é contar o enredo e dizer o que acha. João Carlos e Cacaso também estão nessa. Quem sabe compro lentes gelatinosas (com oito resenhas...). Sai todo domingo, num tabloide. Legal! Com isso não pego tradução tão cedo. Nem aulas particulares, nem nada. Tomara que... (CI, p. 234)

¬ Frequenta o grupo de estudos formado por Heloisa Buarque de Hollanda, Cacaso e Sônia Palhares.

Cacaso e eu resolvemos mergulhar de cabeça em leituras pesadas como a dos quatro alentados volumes da Estética de Lukács e na discussão de um conjunto de obras que selecionamos como seminais para os estudos literários no Brasil como, por exemplo, a Formação da literatura brasileira, de Antonio Candido. Esse era mais ou menos o cardápio do grupo de estudos que varava as noites de terça-feira no apartamento de Cacaso na avenida Atlântica. Nessa fase, incorporamos ao grupo alguns alunos nossos, como Ana Cristina e Sônia Palhares, entre outros. (www.heloisabuarquedehollanda.com.br/ inimigo-rumor)

¬ Seis poemas de Ana Cristina são incluídos na antologia *26 poetas hoje*, organizada por Heloisa Buarque de Hollanda: "Simulacro de uma solidão", "Flores do mais", "Psicografia", "Arpejos", "Algazarra" e "Jornal íntimo". A coletânea consagra o time de novos poetas da chamada geração marginal carioca. Em agosto, o livro é celebrado no parque Lage com uma de suas *Artimanhas*, eventos do grupo Nuvem Cigana, composto por Chacal, Charles Peixoto, Ronaldo Santos e Bernardo Vilhena, que promoviam lançamento de livros, *performances*, leituras de poesia, projeções audiovisuais e apresentações musicais.

Vim direto para o lançamento da antologia, no parque Lage, uma festa com microfone & palco em frente ao lago em que Venceslau Pietro Pietra, o gigante Piaimã, comia gente em Macunaíma. Eu fiquei muito nervosa com tanta gente e ouriço e pessoas me cumprimentando e oferecimento de editor e até subi no palco e li um trechinho de um ensaio do Mário que começa assim: "Nós modernistas de 22 não devemos servir de exemplo a ninguém" [...]. Outros poetas leram seus poemas, poemas alheios, Cacaso cantou com a Sueli Costa, tocou-se rock e houve danças e sacudidas, de tudo mesmo. Atmosfera festiva e dispersa. (CI, pp. 259-260)

¬ Pouco após a publicação de *26 poetas hoje*, Ana Cristina participa, ao lado de

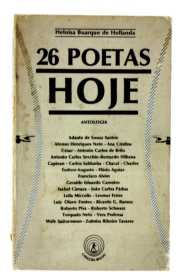

```
JORNAL ÍNTIMO
FÍCUS SÃO ARRANCADOS
   QUATRO QUARTETOS
 NADA, ESTA ESPUMA
 SINAL DO RECREIO
     BAR CENTRAL
     CASABLANCA
   FINAL DE UMA ODE
 ÚLTIMO ADEUS I, II, III, IV
```

Montagem de *Não pode ser vendido separadamente*, 1976.

Heloisa Buarque de Hollanda, Geraldo Eduardo Carneiro e Eudoro Augusto, da extensa entrevista-debate dirigida pelos já renomados críticos literários Luiz Costa Lima, Jorge Wanderley e Sebastião Uchoa Leite. Com o título "Poesia hoje", a entrevista foi publicada no segundo número da revista *José*. A antologia motivou ainda o polêmico artigo de Affonso Romano de Sant'Anna, "Os sórdidos: comentário crítico da antologia *26 poetas hoje*", na revista *Veja* (07.07.1976).

Semana passada não nos reunimos porque era lançamento de outro livro do Charles no Parque Lage, junto com "recital" de poemas, porra-louquice, uivos e até striptease. O grupo de poetas porra-loucas se esparrama pela cidade. Na PUC agrediram o Affonso. Hoje vem no jornal que o Almanaque Biotônico, publicação deles (o grupo se chama Nuvem Cigana, e no carro-chefe vem Charles, Chacal e Bernardo), foi apreendido por ordem do ministro da Justiça. [...] É engraçado estar participando ao vivo da "história literária" (pretensão?). Helô está com medo que a antologia seja também apreendida. [...] Enquanto isso vamos lendo Antonio Candido. (CI, p. 98)

¬ Idealiza o livro *Não pode ser vendido separadamente*, que não chega a ser publicado. Alguns dos poemas reunidos nele são incluídos em *Cenas de abril*, seu primeiro lançamento, em 1979.

Resolvi numa insônia publicar um livrinho, Helô vai cuidar da parte visual, vai ser de tamanho 10 x 15. Chega de promoção sem obra. É pior pra cabeça que obra sem promoção. (CI, p. 132)

¬ Em novembro, publica os poemas "Nestas circunstâncias o beija-flor vem sempre aos milhares" e "Este é o quarto Augusto" no Suplemento Literário da *Tribuna da Imprensa*.

¬ Em colaboração com Ana Candida Peres, traduz poemas de Sylvia Plath incluídos na antologia *Quingumbo: nova poesia norte-americana*, publicada quatro anos depois.

1977

¬ Publica em janeiro o artigo "O bobo e o poder em Poe e Herculano" na revista portuguesa *Colóquio/Letras*, da Fundação Calouste Gulbenkian.

¬ Em fevereiro, passa uma temporada em Brasília com as amigas Maria Cecilia Londres e Clara Alvim, ambas suas ex-professoras na PUC. Segue para Porto Alegre para se encontrar com Italo Moriconi. Juntos, vão a Montevidéu e a Buenos Aires. De lá, viaja sozinha para Bariloche.

Estou com vontade de fazer uma viagem em fevereiro. A princípio pensei em ir à Argentina, agora já não sei. Talvez sair pelo Brasil sem roteiro, parar em Brasília, rodar sem compromissos, sem muita direção. Será que dá certo? (CI, p. 137)

¬ Com o fechamento do jornal *Opinião*, Ana Cristina participa da fundação do periódico *Beijo* junto com Paulo Venancio Filho (Patinho), Júlio César Montenegro, Waltercio Caldas, Ronaldo Brito e Italo Moriconi. No primeiro número da revista, publica o artigo "Malditos marginais hereges".

Montenegro está transando uma revista — vou participar das reuniões com vontade de trabalhar e largar universidade. Queria é transar jornal. Enquanto isso rola o projeto da revista, que agora se especifica em pequenos grupos. O grupo em que eu estou é quente — Patinho, Montenegro, Waltercio, Ronaldo Brito e Italo. Estamos chegando a alguma coisa, e ficou claro que precisávamos nos articular para de certa forma fazer frente ao "articuladíssimo" Escobar. Nada de emoções mais íntimas. Nem no grupo nem em lugar nenhum. (CI, p. 149)

Ficou resolvido que vamos parar com definições teóricas e manifestos e grupos para discussão e apresentação da "linha" do jornal. Segunda-feira haverá a primeira reunião em um mês, onde as cartas serão lançadas: vamos fazer um

Ana Cristina Cesar, Bariloche, Argentina, fevereiro de 1977.

Ana Cristina Cesar, Rio de Janeiro, 1976.

jornal prosseguindo (e abrindo) a seção de cultura do Opinião. *Quem quiser fica, quem não quiser tire o seu dinheiro e vá transar outra. Acho ótimo.* (CI, p. 154)

¬ Com tradução de Ana Cristina, é publicado pela Edifel o controverso *O relatório Hite sobre a sexualidade feminina* [The Hite Report: A National Study of Female Sexuality], de Shere Hite, até então inédito em português. A editora Labor publica outras traduções suas: *Sete teorias sobre a natureza humana* [Seven Theories of Human Nature], de Leslie Stevenson, e *O tarô ou a máquina de imaginar* [El tarot o la máquina de imaginar], de Alberto Cousté. Conclui o curso de extensão em teoria da literatura na PUC-Rio.

1978

¬ Inicia mestrado pela Escola de Comunicação (ECO) da Universidade Federal do Rio de Janeiro com pesquisa em torno de filmes sobre escritores como Machado de Assis, José de Alencar e Mário de Andrade, projeto financiado pela Funarte.

O primeiro movimento da pesquisa foi assim o de ir ao cinema; espiar esses filminhos; e catalogá-los, anotá-los, pensá-los. Esse movimento, porém, constitui a base "empírica" e não o objeto da pesquisa. Esse "objeto" não são propriamente os filmes a que andei assistindo, mas sim os conceitos ou representações do literário que esses filmes, explícita ou implicitamente, acabam utilizando. Que definição de literatura, que visão do autor literário são postas em circulação por esses filmes? (LD, p. 5)

¬ Em maio ganha bolsa da Rotary Foundation para estudar na Universidade de Essex, Inglaterra, no período de 1979 a 1980.

E te escrevo rápido antes de engasgar: ganhei a bolsa do Rotary. É verdade. Vou pra Europa em setembro de 79. A resposta saiu estes dias, depois de extenuantes maratonas. Na hora fiquei muito feliz, voltei da cidade num frescão antecipando looking forward *tudo com altos prazeres. Agora continua bom, mas é esquisito porque falta tanto tempo. Tudo pode acontecer.* (CI, p. 157)
Eu agora entrei num ciclo de dor, a viagem ficou concreta, próxima — chegou carta da Universidade de Essex aceitando a minha matrícula. No dia em que eu recebi a tão esperada fiquei tranquilamente feliz, me deu uma alegre expectativa e eu fui para a cama exausta (tinha sido um dia terrível, crises no Souza Leão), mas com a sensação única de que a realidade tinha ficado legal para mim. Veja bem: diante dos fatos concretos, das cartas, das providências burocráticas, passaporte, seguro, ensaio para universidade, cartas de recomendação etc. e eu fico absolutamente segura, muito eficiente, rápida e rasteira. Mas diante do FANTASMA DA VIAGEM *não ando nada bem. De repente tudo fica angustiante, e eu vejo um enorme contraste entre a minha vidinha sob controle, em casa com a mamãe, no quarto com a ordem de sempre, mestrado pro forma, aulas esparsas, agitos políticos que me* TORRAM O SACO [...] *— bom, eu vejo um enorme contraste entre tudo isso e a viagem, que de repente toma a proporção de uma* SAÍDA, *de um* PARTO, *de um crescimento à força, de uma* PROVA CAPITAL, *de morte, separação etc. etc. Quando bate esse astral eu realmente não me aguento. Ontem então foi o clímax.* (CI, p. 273)

¬ Em agosto, viaja a Campos do Jordão com o irmão, Flavio Lenz e Cecília Leal, que se tornara sua cunhada e amiga. Passa temporada em Búzios com Heloisa Buarque de Hollanda.

1979

¬ No primeiro semestre, conclui o mestrado e apresenta a dissertação *Literatura e cinema documentário*,

Ana Cristina Cesar em Búzios (RJ), 1978.

orientada por Heloisa Buarque de Hollanda, que seria publicada no ano seguinte com o título *Literatura não é documento*, pela Funarte.

¬ Em 4 de setembro lança seus dois primeiros livros em edição independente, ou seja, sem o selo de uma editora: *Cenas de abril* (poesia) e *Correspondência completa* (prosa). O espírito de liberdade editorial do período se observa, sobretudo, neste último livreto: apesar do título, é composto apenas por uma carta. Na folha de rosto, indica, com ironia, se tratar de segunda edição.

Mas não escrevo literatura. Como você bem percebeu, a carta inventada no livrinho é uma construção artificial, ou melhor, é uma coisa que elude o amor, a frase-chave é "não consigo explicar minha ternura", então fico seca, retinta, quase folclórica. (CI, p. 171)

¬ O lançamento acontece na inauguração da Livraria Noa Noa, com recital de poesia de Bernardo Vilhena, Charles Peixoto, Chacal e Ronaldo Santos, integrantes do grupo Nuvem Cigana, e a exposição *Seis artistas*, que reuniu obras de Cildo Meireles, Luiz Alphonsus, Ronaldo do Rego Macedo, Nelson Augusto, Denise Weller e Antonio Manuel.

¬ Ainda em setembro, Ana Cristina viaja para Colchester, cidade no leste da Inglaterra, onde passará o próximo ano cursando mestrado em sociologia da literatura na Universidade de Essex.

Colchester é cidade do interior, não tem nada para fazer a não ser pubs *e* campus. *Gosto muito da minha casinha e continuo mandando nela, mas acho que vou me chatear fazendo sociologia da literatura (por que foi mesmo que eu inventei esse*

Ana Cristina Cesar na estação de trem de Wivenhoe, Inglaterra, c. 1980.

curso e não outra bobagem qualquer?). [...] A cidade é uma gracinha, mas acaba em uma semana. [...] Aí a gente vai pra Londres e anda loucamente pelas ruas. Falo espanhol o tempo todo. Não dá mais para brincar de inglesa. É verdade, eu brinquei de inglesa na primeira semana. Me orgulhava da minha desenvoltura e fazia a encenação do sotaque. O sotaque é um teatro, uma viadagem, e leva vantagem quem fizer melhor. Tem uns ingleses que me convidam para o chá em casas maravilhosas de 500 anos e eu fico dura de tanto desempenho e de vez em quando vou ao banheiro distender. No banheiro tem gatos, cartões-postais, shampoos exóticos. Demoro muito. Gosto muito de supermercado, todos os produtos engraçados, mas acho que os ingleses não têm muito talento para a universidade. (CI, p. 31)

¬ Em outubro, decide trocar o curso de sociologia da literatura pelo de teoria e prática da tradução literária, campo em que atuará com êxito, encontrando nele não apenas a técnica, mas um exercício de criação poética.

Mudou tudo desde a última carta. Tomei horror total ao curso de sociologia da literatura — era simplesmente idiota, todo mundo adorando ser marxista, e principalmente saquei que não ia nunca conseguir ler Lukács ou outros autores sérios. Em nome de quê, pode me dizer? Senti aversão, fiquei dois dias entre o cinismo e o tédio, até que encontrei uma solução brilhante: troquei o curso para teoria e prática de tradução literária. Um baratão (embora com menos ibope no Brasil, não te parece?). Traduzimos poemas e aí discutimos o que foi que aconteceu. Uma maneira muito incrível de discutir teoria. De repente fiquei estudiosa, estou lendo ensaios de Ezra Pound e coisas afins. (CI, p. 36)

O curso é razoável, nenhuma maravilha, mas tenho lido coisas legais como Ezra Pound e Octávio Paz e transado bastante com os colegas, que são surpreendentemente sociáveis (essa qualidade sempre me surpreende nos ingleses). Atualmente estou preparando um seminário sobre a tradução do poema, onde vou analisar traduções de Mallarmé para o inglês e português, falar de modernidade e iniciar os colegas em poesia concreta (minto: a iniciação não será total porque há duas brasileiras — paulistas — no curso). (CI, p. 136)

¬ Em dezembro, viaja para a Grécia, a Itália e a França.

1980

¬ No primeiro quadrimestre, dá aulas de português para estrangeiros na cidade de Chelmsford e faz conferências sobre o Brasil.

Às vezes dou conferências sobre o Brasil e falo do Brasil igual eles falam do

Choro que nem uma desapiedada no melodrama penitenciário. Fico dura com a travessia do deserto por Leslie Caron de freira sexy e Madron imbatível morrendo no final.

Ataque de riso no Paris Pullman numa cena inesperada de Preparem seus Lencinhos — a falação entregando tudo pela mãe do menino que Solange seduziu. Ninguém mais ria, só eu. Dor no corpo. Inglesa chata junto, pai da Vogue, habita Costa Brava. Me lembro da bandeira. Joe anômico, a vida corre, não tem memória ele diz. Alice nice, não gosta de não

3

Luvas de pelica,
1980.

Brasil para mim. Não existe direito. Gosto de mostrar praias e prédios enormes. (CI, p. 45)

¬ Em abril, vai a Paris e se hospeda com o casal João Almino e Bia Wouk. Esta seria a autora da capa de *Luvas de pelica*, livro seguinte de Ana Cristina.
¬ Traduz e comenta cinco poemas de Emily Dickinson, exercício que dá origem ao artigo "Five and a Half", no qual aborda a densidade do conteúdo e a simplicidade da forma na escrita da autora norte-americana. O trabalho antecipa o que se tornará sua dissertação de mestrado, na qual apresenta a tradução comentada do conto "Bliss", de Katherine Mansfield.

Entrei numa de produção, traduzi cinco poemas e meio da Emily Dickinson, com a ideia de transar antologia no Brasil ou mesmo doutorado com o Augusto de Campos, que seria simplesmente isso: poemas traduzidos seguindo-se comentário da tradução. (CI, p. 49)
Entrei numa de literatura, é o meu brinquedo. Depois da Emily Dickinson, estou em fase de Katherine Mansfield, leio tudo, inclusive biografias ordinárias (que leio arrepiada, I must confess que para dizer a verdade estou achando cartas e biografias mais arrepiantes que a literatura) e fico sonhando com essa personagem. Também escrevo um caderno, quero

fazer um livro que é prosa, que é quase um diário, que conta grandes coisas se passando nos quartinhos. Penso na Grécia incessantemente, e como por destino caiu nas minhas mãos a poesia do Cavafis, numa bonita tradução espanhola. (CI, p. 281)

¬ Em junho, muda-se para Portsmouth, cidade portuária, na qual planeja passar o verão escrevendo sua dissertação. O projeto não segue adiante, pois em menos de um mês retorna a Colchester e inicia um namoro com Christopher Rudd, seu *roommate*.
¬ Em agosto, viaja para Yorkshire, cidade natal de Rudd, localizada na vila Haworth, berço das irmãs Brontë.

Planos práticos: vou ficar aqui em Colchester até acabarem as aulas, isto é, final de junho. Aí me mudo se Deus quiser para Portsmouth, onde vou dividir uma casa com dois ingleses. Quero passar o verão à beira-mar escrevendo a tese. Se pintar companhia faço viagem. (CI, p. 53)
Saí correndo de Portsmouth. Foi um vexame, mas tudo ok. Achei impossível dividir uma casa com outras pessoas tipo almoço e jantar (só casando). Detestei a cenografia toda limpinha com [o] já famoso papel de parede, não tinha a menor graça, até armário laqueado de branco, não dava para pôr a mão. Tentei virar os móveis de cabeça para baixo (literalmente) e nada. (CI, p. 64)

¬ Muda-se com Christopher Rudd para Wivenhoe, vila próxima à Universidade de Essex.

Estou numa maré de felicidade. Casei e estou gostando de casinha, cama de casal, cozinha e fofoquinha. Estou morando numa vila estreita e torta na beira do rio que tem cais/estaleiro/barcos no quintal. Minha rua não é calçada. Na casa tem outra moça que trabalha no Sigmund Freud Copyright e deixou o marido e os filhos enormes na outra esquina e de vez em quando lá vem o namorado que é um fotógrafo tipo anjo exterminador. Francis Bacon é nosso vizinho. (CI, p. 65)

¬ Em setembro, inicia a produção de *Luvas de pelica*, seu terceiro livro. Com o texto concluído, Ana compra material, faz o "*art work* com tesoura e cola" e imprime a edição "numa velha garagem no meio do mato com pinheiros e carneiros".

Fechei o texto e resolvi fazer no ato. O irmão do Chris tem uma offset na garagem, em Yorkshire. Já tive a primeira aprendizagem. Mão de obra seremos nós. Como não estou no Brasil, acho que posso trocar o mercado pelo prazer do papel. Saí em campo (único senão é que ao campo tenho que ir só) e descobri umas lojas diabólicas em Londres, onde você senta e fica folheando milhares de mostruários de papel. Comprei o catálogo Letraset e passei as tardes brincando. E uma caneta Rotring porque sou eu que vou compor o livro à mão. (CI, p. 74)

¬ Em outubro viaja com Christopher Rudd a Barcelona.
¬ É nesse período que redige a dissertação de mestrado *The Annotated "Bliss" — or Passion and Technique: A Translation of Katherine Mansfield's "Bliss" into Portuguese, Followed by 80*

Convite do lançamento de *Luvas de pelica*.

Notes, na qual apresenta a tradução comentada do conto "Bliss". Segundo Timothy Webb, professor de literatura comparada da Universidade de York, a dissertação "é, no conjunto, um excelente trabalho, que denota profundidade de pensamento, correção e sensibilidade. A introdução é rica, inteligente e bem formulada".

Terminei de redigir a tese on Mansfield, *vai se chamar* The Annotated Bliss *se eu tiver cara dura. Estou datilografando devagar.* (CI, p. 71)
De resto, faltam cinco páginas para eu acabar de datilografar a tese. É trabalho lento porque os dedos ficam frios (um frio horrível). Então virei pesquisadora do assunto mulher, catando bibliografia, achei uma livraria só disso, e pelo menos meia dúzia de livros inteligentes (todos batendo em literatura). Estou lendo inglesas e americanas. (CI, p. 71)

1981
¬ Recebe o grau Master of Arts em Theory and Practice of Literary Translation (*with Distinction*).
¬ Em janeiro, com o término da bolsa de estudos concedida pelo Rotary Club, retorna ao Brasil.
¬ Colabora nos periódicos *Veja*, *IstoÉ* e *Leia Livros* com resenhas de livros e espetáculos teatrais. Entre os textos, estão "Mestre amigo", sobre o livro *Como vejo o mundo*, de Albert Einstein (*Veja*, 15.04); "Tédio machadiano" (*Leia Livros*, maio); "Anarquia feliz", sobre a peça *O percevejo*, de Vladímir Maiakóvski e direção de Luiz Antônio Martinez Corrêa (*Veja*, 10.06); e "Contatos imediatos de 3º grau", sobre o livro *Retrato de época*, de Carlos Alberto Messeder Pereira (*Leia Livros*, julho).
¬ Em maio, *Luvas de pelica* é publicado na coleção Capricho, criada por Ana Cristina e Eudoro Augusto. O livro é lançado na Livraria Xanam na mesma noite de autógrafos que *Almanach Sportivo*, de João Padilha e Zuca Sardana, *Cabeças*, de Eudoro Augusto, *Ossos do paraíso*, de Afonso Henriques Neto, *De mão em mão*, de Pedro Lage, *Último tapa*, de Luis Olavo Fontes, *Lago, montanha* e *Festa*, ambos de Francisco Alvim, e *Risco no disco*, de Ledusha.
¬ Em julho, a revista *Status Plus* publica "Êxtase" (título em português da tradução de Ana Cristina do conto "Bliss").
¬ Em 9 de setembro, dá aula na oficina literária organizada por Luiza Lobo, no Centro Unificado Profissional (CUP).
A partir de 10 de setembro, integra o quadro de funcionários da Rede Globo como analista de textos e conteúdo de novelas, junto com Ângela Carneiro, no departamento de Análise e Pesquisa.

1982
¬ É admitida como sócia efetiva da Associação Brasileira de Tradutores (Abrates).
¬ A editora Codecri, oriunda do periódico *O Pasquim*, declina da publicação dos manuscritos de *A teus pés*, conjunto de poemas inéditos seguido dos três títulos lançados anteriormente. Em maio, viaja para São Paulo a fim de tratar com Caio Graco da publicação do livro pela editora Brasiliense na recém-criada coleção Cantadas Literárias, da qual faziam parte Caio Fernando Abreu e Francisco Alvim.
¬ Em 12 de setembro, publica o artigo "Riocorrente depois de Eva e Adão..." no Suplemento Folhetim da *Folha de S.Paulo*, no qual discute a distinção de poesia feminina e masculina.
Em 9 de dezembro, lança *A teus pés*, na Livraria Timbre, no Rio de Janeiro.

1983
¬ Em fevereiro, visita os pais, que à época moravam em Santiago do Chile. Vai a Valparaíso e Viña del Mar.

Cacaso, Charles Peixoto, Armando Freitas Filho e Ana Cristina na praia de Ipanema, Rio de Janeiro, 1982.

Lançamento de *A teus pés*, na livraria Timbre, Rio de Janeiro, 1982.

não gosta de não

Fragmento datiloscrito de *Luvas de pelica*, 1980.

¬ Em abril, participa de palestra organizada por Beatriz Resende no curso Literatura de Mulheres no Brasil, na antiga Faculdade da Cidade, em Ipanema. Durante a apresentação, Ana Cristina fala sobre a produção de *A teus pés* e ressalta o diário e a correspondência como modos de escrita feminina.

Mulher, na história, começa a escrever por aí, né, dentro do âmbito do particular, do familiar, do estritamente íntimo. Mulher não vai logo escrever pro jornal. [...] Toda produção feminina inicial foi feita dentro do lar.
Carta é o tipo do texto em que você tá se dirigindo a alguém. Um diário [é] exatamente porque não tem um confidente, tá substituindo um confidente teu. Então você vai escrever um diário pra suprir esse interlocutor que está faltando.
Não sei se vocês notaram que o título do livro, A teus pés, já contém uma referência ao interlocutor. A teus pés, pés de quem? Aqui existe, de uma maneira muito obsessiva, essa preocupação com o interlocutor, que eu acho, inclusive, que é um traço duma literatura feminina — e aí feminina não é necessariamente escrita por mulher, tá? [...] Essa armadilha que eu tô propondo. Aqui não é um diário mesmo, de verdade, não é meu diário, tá? Aqui é fingido, inventado, certo?
É uma construção. A subjetividade, o íntimo, o que a gente chama de subjetivo não se coloca na literatura. É como se eu estivesse brincando, brincando, jogando com essa tensão, com essa barreira.

Eu queria me comunicar. Eu queria jogar minha intimidade, mas ela foge eternamente. Ela tem um ponto de fuga.
(CT, pp. 257-273)

¬ Em junho, a revista *Religião e Sociedade* publica poemas da escritora polonesa Wisława Szymborska traduzidos por Ana Cristina Cesar e Grazyna Drabik.
¬ Em 29 de outubro, suicida-se. No mesmo mês, a editora Brasiliense publica a segunda edição de *A teus pés*.

1985
¬ É publicado *Inéditos e dispersos*, reunião de poemas organizado por Armando Freitas Filho (São Paulo: Brasiliense).

1988
¬ É publicado *Escritos da Inglaterra*, conjunto de ensaios sobre tradução literária organizado por Armando Freitas Filho (São Paulo: Brasiliense).

1989
¬ É publicado *Portsmouth 30-6-80/ Colchester 12-7-80*, versão fac-similar de caderno de desenhos de Ana Cristina Cesar (São Paulo: Duas Cidades/Instituto Moreira Salles).

1993
¬ É publicado *Escritos no Rio*, reunião de artigos e ensaios organizado por Armando Freitas Filho (São Paulo: Brasiliense).

1999
¬ É publicado *Crítica e tradução* (São Paulo: Instituto Moreira Salles/Ática), volume organizado por Armando Freitas Filho que reúne os títulos anteriores *Literatura não é documento*, *Escritos da Inglaterra*, *Escritos no Rio*, e poemas inéditos traduzidos.
¬ É publicado *Ana C. – Correspondência incompleta* (São Paulo/Rio de Janeiro: Instituto Moreira Salles/Aeroplano), seleção de cartas para Clara Alvim, Heloisa Buarque de Hollanda, Maria Cecilia Londres e Ana Cândida.

2004
¬ É publicado *Novas seletas* (Rio de Janeiro: Ediouro, coleção Passatempos), poemas selecionados por Armando Freitas Filho e ensaios de Silviano Santiago, Flavio Lenz e Luis Felipe Cesar.

2008
¬ É publicado *Antigos e soltos: poemas e prosas da pasta rosa* (São Paulo: Instituto Moreira Salles), reunião de poemas manuscritos e datiloscritos, cartas, desenhos e outros documentos, a maior parte inéditos, organizado por Viviana Bosi.

2013
¬ É publicado *Poética* (São Paulo: Companhia das Letras), reunião de todos os livros de Ana Cristina acrescida de *Inéditos e dispersos*, *Antigos e soltos* e textos inéditos selecionados por Mariano Marovatto a partir do Acervo Ana Cristina Cesar.

2016
¬ É escolhida como autora homenageada da 14ª Festa Literária Internacional de Paraty – Flip.

Todas as imagens que ilustram a Cronologia pertencem ao Acervo Ana Cristina Cesar/IMS, exceto a fotografia da p. 171, do Acervo pessoal Christopher Rudd/IMS. Todas as fotografias são de fotógrafos não identificados, exceto a da p. 170, parte superior, que é de Cecília Leal.

Instituto Moreira Salles

Walther Moreira Salles
(1912-2001)
Fundador

DIRETORIA EXECUTIVA

João Moreira Salles
Presidente

Gabriel Jorge Ferreira
Vice-Presidente

Mauro Agonilha
Raul Manuel Alves
Diretores Executivos

CONSELHO DE ADMINISTRAÇÃO

João Moreira Salles
Presidente

Fernando Roberto Moreira Salles
Vice-Presidente

Gabriel Jorge Ferreira
Pedro Moreira Salles
Walther Moreira Salles Junior
Conselheiros

ADMINISTRAÇÃO

Flávio Pinheiro
Superintendente Executivo

Lorenzo Mammì
Curador de Programação e Eventos

Samuel Titan Jr.
Jânio Gomes
Coordenadores Executivos

Odette J.C. Vieira
Coordenadora Executiva de Apoio

Elvia Bezerra
Coordenadora | Literatura

Alfredo Ribeiro
Coordenador | Internet

Bia Paes Leme
Coordenadora | Música

Sergio Burgi
Coordenador | Fotografia

Thyago Nogueira
Coordenador | Fotografia contemporânea

Heloisa Espada
Coordenadora | Artes

Julia Kovensky
Coordenadora | Iconografia

Marília Scalzo
Coordenadora | Comunicação

Ana Luiza Nobre
Coordenadora | Pesquisa e Ação social

Denise Grinspum
Coordenadora | Educação

Elizabeth Pessoa
Odette J.C. Vieira
Vera Regina Magalhães Castellano
Coordenadoras | Centros culturais

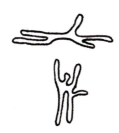

V

```
este sorriso que muitos chamam de boca
é antes um chafariz à sombra de um anjo
morto
```

Este livro

Inconfissões: fotobiografia de Ana Cristina Cesar
© Instituto Moreira Salles, 2016

ORGANIZAÇÃO
Eucanaã Ferraz

ASSISTÊNCIA DE ORGANIZAÇÃO
Elizama Almeida

PESQUISA
Elizama Almeida e Manoela Daudt

ASSISTÊNCIA EDITORIAL
Denise Pádua e Flávio Cintra do Amaral

PREPARAÇÃO E REVISÃO
Flavio Cintra do Amaral e Livia Deorsola

PROJETO GRÁFICO
Mayumi Okuyama

PRODUÇÃO GRÁFICA
Acássia Correia

DIGITALIZAÇÃO
Joanna Americano Castilho (coordenação),
Wallace Amaral e Franco Salvoni

TRATAMENTO DE IMAGEM
Ipsis Gráfica e Editora

AGRADECIMENTOS
Armando Freitas Filho
Augusto Massi
Bia Wouk
Cássio Loredano
Cecília Leal
Chico e Clara Alvim
Christopher Rudd
Flavio Lenz
Hayle Gadelha/Angela Melim
Heloisa Buarque de Hollanda
João Almino
Katia Muricy
Luis Olavo Fontes
Luiz Schwarz
Maria Emília Bender
Pedro Lage

IMAGENS DA CAPA
[capa] Ana Cristina Cesar, Rio de Janeiro, 1982.
[quarta capa] Ana Cristina Cesar, local não
identificado, 26 de agosto de 1955.
Colagem de datiloscritos de Ana Cristina Cesar.
[guardas] Ana Cristina Cesar entre estudantes
em diferentes fotos escolares, Rio de Janeiro,
1956 a 1969.
Lançamento de *A teus pés* na livraria Timbre,
Rio de Janeiro, 9 de dezembro de 1982.
Fotógrafos não identificados.
Acervo Ana Cristina Cesar/IMS

Foram feitos todos os esforços para identificar
e contatar os detentores dos direitos autorais
das imagens reunidas neste livro.
Agradecemos toda informação suplementar.

tiragem 3.000 exemplares,
entrou na gráfica a 15/5/16 e saiu a 30/5/16
distribuição Instituto Moreira Salles amigos e Livrarias
em conexão com a
IPSIS GRÁFICA E EDITORA
Indústria Brasileira

Dados Internacionais de Catalogação na Publicação (CIP)
(Câmara Brasileira do Livro, SP, Brasil)

C414i
Cesar, Ana Cristina, 1952-1983
 Inconfissões: fotobiografia de Ana Cristina Cesar / Ana Cristina
César; organização e prefácio de Eucanaã Ferraz – São Paulo : IMS, 2016.
 176 p. : il., fots.

 ISBN 978-85-8346-035-0

 1. Cesar, Ana Cristina. 2. Fotobiografia. 3. Literatura brasileira.
4. Poesia – Década de 1970. I. Ferraz, Eucanaã (Organizador, Autor do
prefácio). II. Título.

CDU 82   CDD-869.915
